私の戦後追想

澁澤龍彥

kawade bunko

河出書房新社

目次

勤労動員と終戦　11

戦後の日々　73

日々雑感　143

記憶の中の風景　221

私の戦後追想

勤労動員と終戦

帝都をあとに颯爽と

昭和五年に春陽堂から「世界大都会尖端ジャズ文学」という全十五冊のシリーズが企画された。十五冊全部が無事に刊行されたかどうか、私は知らない。私の手もとにあるのは、そのなかの一冊「モンパリ変奏曲・カジノ」というやつだけである。なつかしい本で、私は特別に大事にしているのである。

たしか昭和二十二年の秋だったか、私がこの本を神田の古本屋で手に入れてきて、いざ読もうとすると、ページのあいだから、ぱらりと落ちたものがあった。なんだろうと思って見ると、それは古びて紙の色も黄色くなった、昭和六年発行の三省堂のPR誌THE ECHOだった。タブロイド判四ページの新聞で、なかなかモダンなレイアウトである。私はその新聞も、本といっしょに今まで保存してきたのだった。

昭和六年といえば、私がやっと三歳になったころで、今から五十年以上も昔である。近ごろ、一九二〇年代や三〇年代が新しい目で見直されているようだが、そういう目で眺めれば、この新聞にも、おもしろいところが見つかるかもしれない。お慰みまでに、ちょっと一部を引用してみようか。

「春はアパートの窓から……先年僕が使つたこの言葉がこの春あたりしきりと使はれて居たやうである。そして、この活字の傍らには、きまつて幾つかの窓が重なり並び、その窓等には必ず女の子の肩に手をかけて青空を仰ぐ若者や、男の子のネクタイを結びながら口笛を吹く女の子などの群像が描かれ、なかにひとつ、ションボリと、その窓枠に倚つて、桐の花のほのかな匂ひを愛でながらサブシがる青年が描かれて居たものである」

この文章の筆者は手宮光というひと。「サブシがる」は「さびしがる」であろう。当時、そんな舌たらずな言いかたが流行していたのかもしれない。さしずめ、今日流行の軽薄文体の先駆といったところだろう。

アパートといえば、私などが少年のころ、アパートはたいへん新しいような感じがしたもので、私の小学校の級友のお母さんで、アパートを経営しているハイカラな未亡人があり、マダムということばを、私はこのひとのイメージとともにおぼえたものであった。衆に先んじて、いちはやくパーマネントをかけて父兄会（当時のPTA）へやってきたのも彼女であった。

「円タクを値切るなら助手のゐないのに限る……とは誰しもいふところ。もちろん、それだけ営業費が少ないし、また運転手ひとりだと客との強談判に敗北もしやすいから。だが、助手の居らぬ円タクなるものは、何としてもさびしくて、そして退屈である。とかく、一人対一人といふのは大概の場合、堅くなつて面白くないものだ。第一、あまり運転手相手にしやべり散らすのは危険千万である」

この文章の筆者は秋川三樹夫というひと。だれしも意外な感をおぼえるのは、当時のタクシーには一般に助手が同乗していたということだろう。もちろん、メーターもなかったから、あらかじめ運賃を交渉するわけだ。窓から首を出した運転手と「五十銭で行け」とか「一円で行け」とか、しきりに交渉していた父のすがたを私は思い出す。

あんまり運転手に話しかけると、運転がおろそかになるから危険だというのも、現在では考えられない配慮であろう。また助手が乗っていないタクシーはさびしくて退屈だというのも、現在の私たちの気持とはずいぶん違う。

この記事には挿絵がついていて、蝶ネクタイにソフト帽の男が、運転手と値段の交渉をしている場面が描かれているが、その挿絵のなかの自動車は、現在のそれにくらべるとはるかに四角っぽい。しかもラッパ型の警笛がついており、いかにもブーブー鳴らしながら走るといった感じである。私どもが幼児のころ、自動車のことはブーブーと呼んでいたものだが、今日の子どもにはブーブーでは通じないのではあるまいか。四角いかたちの自動車ばかり見慣れていたから、初めて流線型なるものを見たときの感動は新鮮だった。自動車だけではない。

帝都をあとに颯爽と
東海道は特急の
流線一路富士さくら
つばめの影もうららかに

土岐善麿作詞の国民歌謡「新鉄道唱歌」の最初の一節だが、カッコいい流線型の電気機関車に対する当時の私たちのあこがれは、もしかしたら、今日の子どもの新幹線に対するそれより以上だったかもしれない。

THE ECHOには、また次のような記事も出ている。筆者は星村牧之助。

「東京駅の午後三時ごろは、三越の赤バスが郊外行の奥様たちをギッシリと詰めこんで来て、此処の広場へ棄てて行くのに忙しい時刻である。(ごめんなさァい!)なにがサテまたぞろあのインチキな五厘銭が、時代の圧倒的なる大衆的声望を担ってやがては吾々のガマ口の中で大いにチャラつかうテエ物凄い超不景気時代である。赤バスを降りるのに両手の買物が持ちきれずに、イト幸福相なる叫び声を洩らしつつ支へて呉れるショウファー氏の腕にヨロメキかからうなんていふ輝かしい風景は、思へば嗚呼、震災よりももつと古いほのかなる追憶ではある」

「さて東京駅前の広場に吐き出された奥様たちは、手ぶらであるが故にイササカは淋しいのである。ソコデ暫くはソバカスのある顔を並べ合つて茫然と丸ビルの窓の数でも眺めることになるのである」

私も母に連れられて、よく地下鉄で三越へ行ったことはおぼえているが、もう赤バスなんてものは、私たちのころにはなかったような気がする。昭和六年は不景気で、この筆者によると、デパートの売り上げもぐっと落ちたらしい。おもしろいのは、運転手を「ショウファー氏」などと英語で呼んでいるところだろう。

恋の丸ビル　あの窓あたり
泣いて文書く　ひともある

西条八十作詞の「東京行進曲」（昭和四年）にも出てくるように、東京駅からまっすぐ眺められる丸ビルは、当時の新しい東京のシンボルみたいなものだったようだ。海上ビルとならんで、戦前では東京でいちばん高いビルでもあったのではないか。たしか幼年倶楽部だったか少年倶楽部だったかに、そう書いてあったと私は記憶している。

父が丸ノ内の工業倶楽部の隣りのビルに通勤していたから、私も小学生のころ、一度か二度、ひとりで東京駅の降車口で降りて、父のオフィスをたずねたのをおぼえている。

そういえば、昭和十年代初めの少年倶楽部なんかには、よく新しい東京のシンボルみたいな建物として、昭和十一年に落成した帝国議事堂だの、昭和十二年に竣工した帝室博物館（現在の国立博物館）だの、震災記念堂だの、聖橋だの清洲橋だのといった建物の写真の出ていることがあった。靖国神社、明治神宮、泉岳寺なども当時の目ぼしい東京名所だったのだから、今日の感覚では理解しにくいだろう。

昭和十五年、小学校六年生の私は修学旅行で伊勢、奈良、京都とめぐったが、京都で行ったところといえば、わずかに平安神宮、建勲神社、豊国神社だけである。お寺には、ぜんぜん足をはこばなかった。これはなぜかというと、当時の小学校の皇国史観にもとづく教育方針で、神社というものを優先させていたからなのである。建勲神社は織田信長、豊国神社は豊臣秀吉をそれぞれ祀った神社で、彼らは朝廷に忠勤をつくした人物と見なされていたから、とくに小学生をそこへ連れて行ったのだろうと思われる。

せっかく京都へ行ったのに、お寺ひとつ見ないで帰ってきたのだから、これも今日の感覚では、まったく理解しにくいことといわねばならぬだろう。

ついでだから書いておくが、私たちは関西旅行に出発するにあたって、朝はやく、まだ星の出ている暗いうちに起きて、小学校の校庭に参集したのだった。午前五時ごろだったと思う。冬のことで、おそろしく寒かったのをおぼえている。そんなに早く出発したのに、汽車が名古屋あたりに来ると、もう日はとっぷりと暮れてしまっていた。そして伊勢に着いたのは、その日の夜もかなり更けてからだった。今では新幹線で、三時間足らずで京都へ着いてしまうことを思うと、うたた今昔の感に堪えないのは私ばかりではあるまい。

すっかり話が脱線してしまったようだが、この昭和十五年の修学旅行の話をもう少しつづけよう。

伊勢の宿に一泊した翌日、私たちは朝食をすますと、それとばかり便所に殺到したので、たちまち宿の便所の前に行列ができてしまった。それはそうだろう、泊った小学生は二百人近い数だし、宿の便所は限られた数しかないからだ。私は生来、すばしこく立ちまわるのが苦手なので、遅れて女の子の行列のなかに混ってしまった。前にもうしろにも女の子がぞろぞろ並んでいる。やがて順番がきて、私が便所へはいると、それまで澄ました顔をして並んでいた女の子たちが、いっせいに黄色い声を張りあげて、足を踏み鳴らしながら、

「シブサワさーん、はやくしてー」

これには私もほとほとまいった。恥ずかしくて、顔から火が出そうになった。当時

は小学校でも上級生になると、男女はクラスが別々になる。女の子に大声で名前を呼ばれているのを聞かれでもすれば、同級生の手前、とんだ恥さらしなのである。たぶん、女の子のほうでも、それを知っていて、わざとおもしろがって、私の名前を呼んでいるのではないかと思われた。

私は便所のなかで真赤になって、しきりに「ばかやろ。うるさい。やめろ……」などと、小さな声で口にしているほかなかった。女の子の集団的サディズムの犠牲になって、手も足も出せないでいる自分を意識していた。もっとも、その意識のなかには、一抹の快感が混在していないとはいえなかったようである。

血みどろな軍歌

この雑誌の随筆欄は、だいだい、お年寄りが書くものときまっているらしい。若い者の艶話は、味も素っ気もなくて、聴いちゃいられない、というわけなのだろう。わたしみたいな三十代の人間が登場することも、めったにないようである。

お年寄りの書くことだから、どうしても思い出話が多くなる。それぞれ、若き日の放蕩の思い出を、悦に入って書いていらっしゃる。わたしなんぞが読んで、じつに感心するような高尚なお話もある。そうかと思うと、なかには箸にも棒にもかからぬ野暮天の先生がいて、誰でも知ってる下がかった笑い話を、得意になって披露しているのには、微苦笑させられる。

そこへいくと、高橋義孝先生なんぞは、さすがにうまいものだ。ああいうのを名人芸というのだろう。なんでもないことをサラサラと書いても、おもしろい。下手におもしろがらせようとしないところが、おもしろい。

考えてみれば、わたしたち三十代の「戦中派」と呼ばれる世代は、つまらん青春を送ったものだな、とも思う。中学に入ると同時に、太平洋の一角で、ドンドンパチパチ戦争がはじまって、卒業したとたんに、ピタリ戦争は終ってしまったのだから。しかし、どんな悪い時代にも、楽しむ術を知っているのが青春というものだろう。「のらくろ」や、山中峯太郎や、少年クラブで育ったわたしたちには、共通のムードがあり、集まって酒など飲むと、きっと軍歌が飛び出してくる。べつに軍国主義とは関係がなく、懐かしのメロディーにすぎないのである。バアのお姐さんのなかにも、同世代の者がいて、「青少年学徒に賜わりたる勅語」など暗誦する。きっと彼女は級長だったのだろう。

いつか流しのヴァイオリン弾きの親爺に「ああ満洲の大平野……」をやれ！　と言ったら、ちゃんと弾いてくれた。これは、わたしが五つの頃におぼえた満洲事変の歌である。子供の頃の記憶力というのは、おそろしいもので、わたしは、「ここはお国を何百里……」という歌を、最初から最後まで、ぜんぶ間違いなしに歌うことができる。調子にのって歌い出すと、今の二十代の若者は、目を丸くして聴いている。

軍歌のなかには、非常にニヒリスティックな暗い歌があって、わたしは、陽気なツイストを踊ったあとに、こういう暗い血みどろな軍歌を歌いたくなる。「勇敢なる水兵」とか「橘中佐」とかは、全く血みどろな絶望的な歌である。

ドイツの親爺の経営するビヤ・ホールで、バンドのピアノ弾きの女性に、ナチスの党歌をやってくれ、と注文したら、断わられたことがある。しかし、あの歌も、イタリアのファシストの歌とならんでまことに名曲だと思う。わたしたちが小学生の頃、ヒットラー・ユーゲントがきたので、みんな真似をして、両手を横にふり、足をまっすぐに伸ばしたまま歩いたものだ。

流行歌では、「別れのブルース」などが懐かしいが、「ラ・パロマ」とか「カプリの島」とかいう音楽を聴くと、わたしは奇妙に、戦前の鎌倉の夏の海水浴場の風景を想い出す。ビーチ・パラソルの下に、手廻しの蓄音器か何か置いてある風景である。鎌倉は小ぎれいな、ブルジョア的な海水浴場で、少年のわたしは避暑客のお嬢さんの派手な水着を、いつも横眼で眺めていた。

そういえば子供の頃に意味も判らず覚えた、ヘンな尻とり歌があった。

ダ、ダ、ダルマさんの宙返り
リ、リ、李鴻章のハゲアタマ
マ、マ、負けて逃げるはチャンチャンボ
ボ、ボ、ボーリキ婆アのマンコの毛
ケ、ケ、ケツの孔は三角だ

いったい、ボーリキ婆アとはどんな婆さんだろうかと、子供心にも不審でならなかった。今でも、わたしは浅学にしてボーリキ婆アの意味を解することができないのである。

蘆原将軍のいる学校

『東京文学地名辞典』の「巣鴨病院」という項目を見ると、次のような記述がある。少し長いが引用してみる。

「小石川駕籠町（文京区千石一丁目）にあった東京府巣鴨病院。明治十二年に上野公園の旧護国院境内に創立された東京府癲狂院は、十四年に本郷東片町に新設され、十九年から小石川駕籠町に移って、二十二年以後東京府巣鴨病院と改称された。東京帝国医科大学副手の斎藤茂吉が医員となった明治四十四年の『東京府巣鴨病院年報』によれば、敷地は二万二九三一坪、病室は三九棟、二九三室で、同年に治療を受けた患者は男三二一人、女二六四人となっている。当時巣鴨行きといえば巣鴨病院か巣鴨監獄へ入ることをさした。大正八年に荏原郡松沢村に移転し、府立松沢病院となっている」

したがって、私たちのころは、少し頭のおかしなやつをさして、よく「松沢行き」と称したものである。

ところで、この広大な巣鴨病院の一角に、大正八年、のちに私の通うことになる旧制中学校が建てられたのである。だから私たちのころまで、有名な蘆原将軍の伝説が校内で語り伝えられていたものであった。蘆原将軍は、巣鴨病院が荏原郡松沢村に移るとき、他の患者たちと一緒に移っていったものらしい。

嘘か本当か知らないが、中学の生徒が校庭でイチ、ニ、サンと体操などをしていると、ふらふらと病室から出てきた蘆原将軍が、威勢のいい声で生徒たちに向って号令をかける。体操教師の号令と、蘆原将軍の号令がごっちゃになって、生徒たちは頭が混乱し、どうしてよいか分らなくなってしまう。まるで喜劇映画のなかの一シーンのようである。そんな伝説があった。

私たちの中学の同窓会長をしている福島慎太郎氏の回想によると、

「第一回入学の私どもは当時総勢百六十人、巣鴨病院の一角に二棟ぐらいの校舎で、小ぢんまりした開校でした。病院はまだ松沢に移っておらず、ときには蘆原将軍の謦咳に接することもありました」

このように当時の証人がちゃんと証言しているのだから、右に私が書いたエピソードも、まんざら根も葉もない伝説だとはいい切れないだろう。

それにしても、瘋癲病院と中学校が隣り合わせになっていて、患者たちと生徒たちとが自由に交流していたとは、おおらかな時代もあればあったもので、羨ましいような気がしてくるほどだ。教育上の効果もさぞや絶大であったであろう。福島氏はいみじくも「謦咳に接する」という表現をしているが、いいえて妙である。少なくとも政治家なんぞの謦咳に接するよりは、少年たるもの、蘆原将軍の謦咳に接したほうが、将来のためにもよっぽど有益であろう。

この中学校が府立五中、のちには都立五中、さらにのちの戦後には小石川高校である。私はべつに、母校の自慢をしたいという気は少しもないので、いままで故意に名前を明かさなかったのだが、中学校中学校と勿体らしく書いているのも気ぶっせいなので、ここで名前をはっきりさせておくことにする。私がここに入学したのは昭和十六年四月、あたかも太平洋戦争勃発の直前であった。

それまでは府立五中の制服は、背広にネクタイという大そうスマートなものだったのに、この昭和十六年という年から、全国の中学校の制服がカーキ色（当時は国防色といった！）の国民服と戦闘帽に統一されてしまって、私たちはじつにがっかりしたものである。しかも、その制服はぺらぺらしたスフ（ステープルファイバーといっても若いひとに通じるかな？）で、なんともカッコわるいものだ。いや、そればかりではない、私たちは登校下校の際には、かならず脚にゲートルを巻くことを強制されたのだった。

なにが不愉快といって、このゲートルを巻くくらい不愉快なものを私は知らない。

それは私がもともと不器用で要領がわるく、きちんと脚に巻けないせいでもあるが、一つには私の脚が生まれつきO形で、ふくらはぎに肉がついていないためでもあった。級友たちのように、どうしてもいい恰好にならないのである。だから歩いていると、途中でずるずるゲートルがずり落ちてくる。あんないやなものをしないで済むだけ、いまの若いひとは仕合わせだとつくづく思う。

私は中里の自宅から、毎日、駕籠町の五中まで歩いて通っていた。

田端銀座と呼ばれる商店街の入口を左に見て、旧谷田川を埋め立てた改正道路を横切ってゆくと、木戸坂という急勾配の坂がある。むかし木戸侯爵家の邸宅があったというところで、鬱蒼たる楠が枝をのばし、昼でも静かでしんとしている。その木戸坂をのぼってまっすぐ行くと、駒込駅前から上富士前町にいたる市電の通りに出る。それから六義園のわきを通って大和郷《やまとむら》の屋敷町を抜ける。そうして駕籠町の交差点に達するのである。その間約二十分。

木戸坂をのぼりながら、私はしばしばデジャ・ヴュ（既視感）に似た感覚に襲われたものであった。つまり、いつどこでだったかは思い出せないが、遠い昔、これとそっくりな坂を自分はのぼったことがあるような気がしてくるのである。ふと時間が停止してしまったような感覚、永遠のなかに自分が立っているような感覚で、胸のあたりが妙にきやきやしてくる。一種の浄福感といってもよいかもしれない。

ことに季節が初夏で、楠の若葉が青々と茂り、白く舗装した坂道に、木洩れ日がちらちら斑を描いたりしていると、この私のデジャ・ヴュに似た感覚はよく発動するようであった。いい忘れたが、この木戸坂はゆるやかに蛇行していて、片面は崖になっている。そして、靴音をひびかせて坂道を歩いているのは、ほとんどいつも私ひとりなのである。時にはハルセミがジワジワジワと鳴いていたりする。

東京の山の手の特徴は坂であるが、この木戸坂はささやかながら、私にとって忘れられない坂となっている。

大和郷は、そのころ若槻礼次郎などといった重臣や大臣クラスの政治家の住んでいた、区画整然とした閑静な屋敷町であった。どういうわけか、野犬がいつもうろうろしていて、冬の朝など、五中の生徒がぞろぞろ通る道ばたで、一匹の牝犬に数匹の牡犬が息をはずませながら群がり寄っていた。うぶな中学生のために性教育を演じてくれていたのかもしれない。

いつも門の前を掃いている品のいいお嬢さんがいて、「今日も掃いているかな」と通学途上の私が心待ちにするようになったのも、この大和郷でのことである。もっとも、いが栗あたまに戦闘帽をかぶり、ぺらぺらのスフの制服の肩から鞄をさげた、ちびの中学生にお嬢さんのほうが関心を寄せるはずはなかったのだけれども。

つまらないといえば、私たちの中学生時代より以上につまらなかった時代というのは、そうはなかったのではないか、という気がする。

考えてみると、私たちの世代は、きわめて変則的な学校生活を送ったわけで、戦争のために旧制中学を無理やり四年で卒業させられてしまったという世代は、私たち以外にはないのである。しかも、学業の合間にはしょっちゅう勤労動員に駆り出されていたし、たまたま街に出て映画館や喫茶店にでも入れば、補導協会のバッジをつけた怖いおじさんにつかまるのである。手も足も出ないような状態だったといえるだろう。

中学三年四年のころになると、戦局いよいよ悽愴苛烈の度を加え、私たちは学業を完全に放棄して、ほとんど工場通いに明け暮れしていたが、私たちの通っていた板橋の小さな合金工場には、もんぺ姿の女学生がきていたわけでもなし、まことに殺風景きわまるものだった。

それでも五中は当時、自由主義的だというので、当局から睨まれていたくらいなのである。いったい、なにが自由主義的なのか。

要するに生徒はみんな文弱で、弱虫で、意気地なしだったということだろう。事実、硬派なんかひとりもいなかったし、電車のなかでズベ公の集団にガンをつけられて、もじもじと赤くなって俯いてしまうような連中ばかりだったのである。

とはいうものの、私は自分の中学生時代を、それほどつまらなかったとも思ってはいない。たしかに戦時下で、大いに自由を拘束されてはいたけれども、それなりに私たちは子どもっぽいいたずらの限りをつくしたし、くだらない教師にはずいぶん反抗したりもした。いわばゲリラ戦の戦法で、不自由な中学生時代を精いっぱい楽しんだつもりなので、つまらない時代だったにもかかわらず、灰色の印象はあんまりないのである。

私は二度とゲートルを巻きたくはないが、ゲートルのせいで私の青春が灰色になったとは思いたくないし、事実、灰色ではなかったはずなのである。

中学生時代のいたずらといえば、私たちは野外教練の帰り、教練服にゲートル姿のまま、数人で連れ立って、こっそり板橋の成増飛行場にしのびこんだことがあった。つい目の前を、陸軍戦闘機「鍾馗」が次々に滑走路を走って飛び立つのである。飛び立つと、両手で胸を抱くようにして、車輪を折りたたむところが何ともおもしろい。そのうち、見ているだけでは我慢できなくなり、Aという友達がカメラを取り出した。「やめろよ、見つかったらスパイ容疑になるぞ」などと私たちはいっていたが、次第に禁を犯す楽しみに全員が興奮しはじめ、ついにAをまんなかにして、まわりに人垣を組んだ。むろん、カメラをかまえたAの姿をかくすためである。やがてAのシャッターを切る音が聞え、私たちは胸をどきどきさせながら、周囲に警戒の目をくばっていた。

これには後日談があって、私たちは憲兵にさんざん油をしぼられるのである。つまり、Mという友達が満州にいる叔父さんに宛てた手紙のなかに、迂闊にも成増飛行場の一件を書いたのだった。その手紙が検閲にひっかかり、開封されて、或る日、私たちが学年末の試験を受けている最中、長靴をはいた憲兵が、どかどかと教室に乗りこんできたのである。私たち、成増事件の共犯者たちは、みんな真青になって、もう試験どころの騒ぎではなくなってしまった。

憲兵の怖ろしさをまざまざと知ったのは、この時が最初で最後である。これにくらべれば、蘆原将軍なんか神様みたいなものだ。

ないないづくし　わが青春記

べつに自分が特別に変った人間だとは思っていないが、私には、青春らしい青春はなかったような気がしている。

中学へ入った年に太平洋戦争がはじまり、中学を卒業して、旧制高等学校へ入った年に終戦を迎えたのだから、私の旧制中学時代は、太平洋戦争とぴったり重なっており、旧制高校の三年間は、戦後の混乱期とぴったり重なっているわけだけれども、私は、自分の青春不在の感覚を、なにも戦争のせいばかりにしようとは思っていない。戦争中だって、結構、おもしろいことはたくさんあったのだから。私の青春不在の感覚は、もっと別の、個人的な理由によるものと思われる。

まず肉体的な問題から述べると、私には、青春の特徴ともいうべき、あの薄ぎたないニキビというやつが顔面に発生したことが一度もなかったのである。顔面ニキビだらけにして、しかも、それをしきりに苦にしているらしい友達を眺めると、「あいつは十五にもなって、まだオナニーを知らないんじゃなかろうか。図体ばかりでかいくせに……」という気がして、滑稽になったものである。

第二に、私には、精神的な意味で、いわゆる青春の悩みのようなものが全くなかった。人生いかに生くべきか、などと深刻になったこともなければ、失恋して死にたいような気持になったことも、一度としてないのである。初恋などといっても、さっぱり実感が湧かず、記憶にも残っていない。

これでは「ないないづくし」みたいなものではなかろうか。

私が童貞を失ったのは戦後で、旧制浦和高校二年、十九歳の夏である。昔だったら遅い方だろうが、仲間のうちでは、むしろ早い方であった。たしか石川淳氏の小説だったと思うが、「肺病と閒男は早いうちにやっておくに限る」というような言葉があったけれども、私の十九歳の童貞喪失の相手は、ダンスの上手な、颯爽とした、年上の人妻であった。私は白線の帽子にマントの高校生。相手にうまくリードしてもらったので、こちらは何の苦労もいらなかった。ダンスの話でない。セックスの話である。

考えてみると、私たちの年代は、きわめて変則的な学校生活を送ったわけで、旧制中学を四年で卒業したという世代は、私たち以外にはないのである。しかも、中学時代は勤労動員ばかりで、たまたま町に出て映画館や喫茶店にでも入れば、補導協会のバッジをつけた、怕《こわ》いおじさんにつかまるのである。手も足も出ないような状態だった。

中学三年四年の頃は、戦局いよいよ悽愴苛烈の度を加え、私たちは学業を完全に放棄して、ほとんど工場通いに明け暮れしていたが、私たちの小さな町工場には、女学生が来ているわけでもなし、まことに殺風景きわまるものだった。中学は都立五中（現小石川高校）であるが、この学校は当時自由主義的だというので、当局から睨まれていたくらいで、生徒たちはみんな弱虫で、意気地なしで、硬派なんか一人もいなかった。川村女学院のズベ公の集団にガンつけられて、もじもじ真赤になってしまうような連中ばかりだった。

その頃のエピソードとして、おもしろい話をしよう。当時の憲兵が、いかに怖ろしい存在であるかということを、私たちは、まだ中学生ながら、その事件によって、まざまざと思い知らされたのである。

あるとき、私たちは野外教練の帰り、教練服にゲートル姿のまま数人で連れ立って、こっそり板橋の成増飛行場に飛行機を見に行った。当時はみんな飛行機に夢中になっていて、「鍾馗」だとか「呑龍」だとか「飛燕」だとか「天山」だとか「秋水」だとか、その姿や性能をしきりに論じ合っていたものである。軍の秘密であるだけに、なおさら知りたい気持が高まるのである。だから、つい目の前に、爆音高く成増飛行場の滑走路を飛び立ち、両手で胸を抱くようにして、車輪を折りたたむ陸軍戦闘機「鍾馗」の勇姿を見た時は、一同、感動に胸が打ち震える思いをしたのだった。

そのうち、Aという友達がカメラを取り出した。私たちは最初、「やめろよ。見つかったら大へんだぞ」などと言っていたが、次第に禁を犯す楽しみに我しらず昂奮しはじめ、ついにAをまんなかにして、まわりに人垣を組んだ。むろん、カメラを構えたAの姿をかくすためである。「鍾馗」は次々に飛び立って、キーンという金属的な爆音を響かせながら、私たちの頭上三十メートル（？）ばかりのところを過ぎてゆく。私たちの近くには人影もないが、広い飛行場のどこで人が見ているか分ったものではない。やがてAのシャッターを切る音が聞え、私たちは胸をどきどきさせながら、周囲に警戒の目をくばっていた。

その時は無事にすんだのである。――しかし、それから一週間ばかりたって、ちょうど私たちが学年末の試験を受けている最中、突然、憲兵の長靴が教室にどかどかと入ってきた。まずMという友達が呼ばれ、次にAが呼ばれて教室を出て行った。私たち、成増事件の共犯者たちは、みんな真蒼になって、もう試験どころの騒ぎではなくなってしまった。

事の次第は、こうであった。つまり、Mが満洲にいる叔父さんに宛てて、手紙を書き、その手紙のなかに、成増の飛行場に行った話を書いたのだった。迂闊なMである。その手紙が検閲にひっかかり、開封されたのだった。Aはスパイ容疑で、憲兵にさんざん油をしぼられた末、むろん、カメラもフィルムも没収された。

現在、Mはコメディを得意とする中堅劇作家であり、テレビや劇場向けの芝居をばりばり書いている。Aは眼科の医学博士で、自宅開業している。私たちはクラス会で顔を合わせるたびに、この成増事件のことを話題にし、「あの時はこわかったなァ……」と語り合うのである。

古本屋の話

昭和十八年か十九年のころである。当時、駕籠町の交叉点にあった中学校に通っていた私は、よく学校の帰りに、ぶらぶら上富士前町の坂を降り、神明町方面に向って歩いたものであった。市電の通りに面して、向って左側に、古本屋が二軒ばかり並んでいたからである。その裏は花柳界であった。

当時の新刊本屋の棚は、がらがらだった。やたらに目につく本といえば、東條英機のつくった戦陣訓と、古事記や万葉集関係の本ばかりだった。新刊本屋がつまらなかったから、私はいつしか古本屋に出入りすることをおぼえたのである。

肩からカバンをかけ、ゲートルを巻いた中学生の私が、ガラス戸をあけて、店にはいってゆくと、店の奥で小さな火鉢にあたっている古本屋のおやじは、「ちびさん、また来たかね」というような顔をして、微笑するのだった。私はこの神明町の古本屋で、蘭郁二郎の『脳波操縦士』という本を買ったことをおぼえている。むろん、この本は、昭和二十年の戦災で焼けてしまって、現在では私の手もとにないけれども。

神明町から駕籠町、駕籠町から春日町と市電を乗りついで、たどりついた神保町界隈の古書店街をしらみつぶしに見て歩くのも、中学生のころから始まった私の楽しい習慣だった。今では、足が疲れてしまって、とてもしらみつぶしに見て歩くことはできそうもないけれども。

あの天井の高い、だだっぴろくて薄暗い、厳松堂の店内をなつかしく思い出すひとは、私ばかりではあるまい。戦後まであったはずだが、あの店は、いつごろ消滅したのだったかしらん。

これも戦後だが、神田日活の近くにできたバラック建ての有楽堂という古本屋で、眼鏡をかけたおかみさん（一説によると、某ドイツ文学者の母堂だという）に乞われて、とうとうジャック・リヴィエールの『ランボオ』（辻野久憲訳、山本書店）を手離してしまったのも、なつかしい思い出である。いかにも江戸ッ子のチャキチャキといった感じのおかみさんは、旧制高校生の私がびっくり仰天するような高い値段で、その本を買ってくれたのだった。私がラッキーストライクの箱をさし出すと、おかみさんは目を細めて、

「まあ、いいんですか。じゃ、遠慮なくいただきますよ。」

といって、一本引き抜いた。昭和二十二年ごろの話である。あのおかみさんも、たぶん、もう亡くなったのではあるまいか。

そういえば、昔の古本屋はほとんど必ず、ガラス戸の間口がひろくて、私たちはガラス戸を手で引きあけて、店内に足を踏み入れたものであった。寒風吹きすさぶ冬の夕方など、そこだけぽっと灯のついた店内にはいると、なぜか心の安らぎをおぼえ、ほっとしたものである。おやじが仏頂づらをして、必ず瀬戸物の火鉢にあたっていたのもおもしろい。

戦争直後には、焼跡の東京のいたるところに、雨後の筍のように古本屋が店を出したものである。ちょっと思いつくだけでも、たとえば春日町から真砂町にいたる坂の途中に一軒あった。新宿の角筈から曲っている都電の線路のわきに一軒あった。不忍池の本郷寄りの池の端にも一軒あった。今の若いひとには信じられないだろうが、有楽町の駅の銀座方面への出口のまん前にも、間口のひろい店が一軒あった。今では、これらの店はことごとく消滅している。

私の住んでいる鎌倉にも、現在では弘文堂、新生書房、中山書店と三軒ほどしか残っていないが、かつては十軒近くも古本屋があったのである。

海岸を走る江の電は腰越から曲っているが、その曲った線路に面した腰越の商店街に、昭和二十一年ごろ、私の気に入りの古本屋があって、私はここでプルーストの『スワン家の方』(五来達訳、三笠書房、昭和九年)を買った。この本は、今でも所持している。

日記から　ＹＧブロンズ

今年の七月十二日は、私にとって感慨ぶかい日であった。私たち旧制都立五中（現小石川高）のクラスメートが、卒業三十五周年を記念して、かつて戦争末期に勤労動員で通っていた合金工場を見学したのである。

東上線の鶴瀬駅前に十数名が参集すると、マイクロバスが工場まで私たちを運んでくれた。医者もいれば会社員もいる、俳優もいれば教授もいるという私たちの一行である。工場では、社長をはじめ社員一同が笑顔で私たちを迎えてくれた。むろん、三十五年前からの社員はいないが、旧知の社長は八十歳を迎えて、なお矍鑠《かくしゃく》たるもので、記憶力も驚くほどよく、まだ十六歳の少年だった私たちのことをよくおぼえていてくれたのである。

私たちは帽子をかぶり手袋をはめて、社員の案内で工場のなかを見学させてもらった。この工場では、ＹＧブロンズという合金を造っているのである。真っ赤に溶けた湯（溶けた金属を湯と呼ぶ）が、傾けた容器からどろどろと流れ出てくる。空気ハンマーが地ひびきを立てて鋳塊をたたいている。私たちのころとは工程にずいぶん違った面もあるが、それでも私は三十五年ぶりに工場の雰囲気というものに接して、ある種の感慨に浸らないわけにはいかなかった。

申すまでもあるまいが、この工場は戦後になって再建されたのである。私たちが通っていた工場は、空襲ですっかり焼けてしまったのである。

燃えるズボン

今から三十五年前、十五歳の中学生であった私は、毎日、東京板橋の小さな鋳物工場に通って働いていた。ダイカストという機械を操作していて、いっぱしの熟練工であった。

戦争が末期的症状を呈してくると、いわゆる通年動員令が布告され、私たちは学校の授業を完全に放棄して、一年中、工員と同じように工場に通うことになったのである。もうそのころには、米軍はマーシャル群島やマリアナ群島にぞくぞく上陸、南の島々で日本軍は次々に玉砕、やがてB29がサイパン島基地から東京の上空に飛来するのは必至と見えた。

私たちは背中に防空頭巾あるいは鉄兜を背負い、カーキ色の服にゲートルを巻いて出勤していた。なかにはゲートルを巻きながら、素足で下駄ばきという珍妙な風体の者もあった。戦局の悪化をなぞるように、なにかデカダン的な、投げやりな、やけっぱちな風潮が私たちのあいだに濃厚に支配しはじめていて、しばしば私たちは工場の工員と派手な喧嘩をしたり、勤務をさぼって、おぼえたばかりの煙草を隠れて吸ったりしていた。

私たち五人が一組になって操作していたダイカストとは、どんなものだったか。小学館の『大日本百科事典』には、「溶けた金属を圧力をかけて金属製の型に押しこみ、急速に固めて鋳物をつくる操作、またはこの方法でつくられた鋳物の製品」とある。これが要するにダイカストである。

戦後の現在では、ダイカストの技術も飛躍的に進歩していることだろうが、当時、私たちが扱っていたそれは、まことに原始的で単純なものだった。思い出すままに、その手順を書き記してみよう。

まずアルミニウムとシリコンのインゴット（鋳塊）を秤で計量して、必要なパーセンテージのアルミニウム合金をつくり出すだけの分量をとる。そして、これを坩堝《るつぼ》に入れて溶解するのだ。熱源はコークスで、コークスに火をつけるのがなかなかむずかしい。私たちはいつも煙にむせびながら、炉のなかの火を掻き立てた。

溶けた金属を湯と称するが、あんまり高温すぎると、湯はピンク色を呈して、ダイカストには向かない。むしろ銀色ぐらいの湯がダイカストには好適である。この銀色の湯を鉄の柄杓ですくって、アスベストの袋をはめこんだ湯口に注ぐ。それからカムを締めて、下からプランジャー（棒ピストン）をがちゃん！　と押すと、一瞬にして湯が型のなかに押しこまれて、固まるのである。この手続き、すべて手動式である。

　私たちがつくっていたダイカスト製品は、そのころ覆面をぬいだばかりの、陸軍の新司令部偵察機（略して新司偵）のカメラのボディーの一部だったらしい。軍の秘密だったから、はっきりしたことは私たちにも知らされていなかったけれども。

　危険なのは、カムを締めるとき、そこに金属の小さな破片（どういう意味か、私たちはバリと呼んでいた）が残っていると、鋳型の下に隙き間があくので、その隙き間から高温の溶けた金属が噴出することであった。私たちはしばしばズボンに焼け焦げをつくった。それで、しまいには厚い前掛けをして作業するようになった。

　さて、そんなふうにして私たちがダイカストの作業に精を出していると、あるとき、海軍の技術将校が工場の視察にきた。

　海軍の技術将校といえば、当時のエリートである。彼らは紺サージの短いマントを羽織り、腰に短剣を吊っている。あたりを睥睨するように、悠々と歩を運んでくる。そのズボンには、きちんと折り目がついている。靴はぴかぴかである。

「おい見ろよ、やつら、いい服を着ているな」と私が小声で仲間たちに言った。私たちはといえば、カーキ色のスフのぺらぺらの制服だった。ズボンは焼け焦げだらけだった。下駄をはいている者もあった。

「バリを入れて押してやろうか。おもしろいことになるぜ」とHが言った。言わず語らずのうちに、こうして陰謀が成立した。
二、三人の海軍将校が私たちのダイカストの前に立ったとき、私たちはわざとバリを残したまま、プランジャーをがちゃん！ と押した。鋳型の隙き間から、溶けた熱い金属がぱっとほとばしって、彼らのズボンにはねかかった。飛沫をもろに浴びた海軍将校たちのズボンから、白い煙が立ちのぼった。彼らはあわてた。なにしろ自分のはいているズボンが燃え出したのである。
私たちはおかしさをこらえながら、何食わぬ顔をしていた。心のなかで、ざまあみやがれ、と思っていた。

これは私たちの陰謀の、完全な成功であった。表面的には、私たちはただ、脇目もふらず、増産にはげんでいただけだったのだから。海軍将校たちは勝手に私たちに近づいて、勝手に自分たちのズボンを燃やしただけだったのだから。

もしズボンの焼けるのを好まないならば、彼らは生産の修羅場に近づかなければよかったのである。上等な服を着て、工場のなかをうろうろするやつが悪いのである。戦力増産が第一で、そのためにはズボンに穴があくことぐらい、彼らとしても当然、我慢すべきなのである。

だから彼らは何も言わなかった。いや、言えなかったのだ。

考えてみると、私たちが戦争中に敢行した数々のいたずらは、いつもこんなふうに、当時の支配的な意見、当時の大義名分を逆手にとっていたような気がする。

お断りしておくが、私たちはべつだん、反軍思想をいだいていたわけでも何でもなく、ただ単純にいたずらをして、当時の逼塞した世の中に対する、憂さを晴らしていたにすぎなかったのである。そのころ、いたずらは私たちの唯一の生き甲斐であったような気さえする。

B29が頻々と飛来するようになると、もうダイカストどころの騒ぎではなく、いたずらどころの騒ぎではなくなった。工員も学生も、家を焼かれたり地方へ疎開したりして、だんだん工場へ出てこなくなった。工場の機能がすでに失われていた。そうこうするうち、工場そのものも焼けてしまった。もちろん、私の家も焼けた。

私が三十五年前に、鋳物工場でダイカストを操作していたなんて、現在の生活ぶりから考えると、まるで嘘のような話である。以来三十五年、私は物をつくるということから、まったくかけ離れた生活を送って、現在にいたっているからだ。少なくとも観念の領域以外では、私はひたすら消費の生活を送ってきた、と言えるだろう。

今でも私はときどき、あの坩堝のなかで溶解した、アルミニウム合金のピンク色や銀色の湯を思い出すことがある。表面張力でいくらか盛りあがった、あの金属の液体は鏡のように光って美しかった。

観念の世界にも、ダイカストのような便利な機械があって、煮えたぎる観念を一瞬にして凝固させることができたら、と私は夢想することがある。

落書き

私が旧制浦和高校に入学したのは昭和二十年七月である。七月というのは変だが、なにしろ当時、日本全土が空襲で滅茶苦茶になっていたので、恒例通り四月に入学式をやることができなかったわけだ。敗戦の一カ月前、かんかん照りのもとで行われた入学式の光景を、私は異様な夢のなかの光景のように記憶している。

私が高等学校に入学してびっくりしたことの一つは、便所のなかに落書きがおびただしいことだった。しかも、その落書きのなかに、およそワイセツなものが一つもないことだった。そんなはずはあるまい、と思って、目を皿のようにして探したが、ついにワイセツな落書きを見つけ出すことはできなかった。そのかわり、私はおもしろいものを発見した。

そのころ、高等学校には必ず配属将校というものがいて、学内で威張りちらしていた。浦高にも、いつもカーキ色の将校マントを着た滝某という陸軍大佐がいて、生徒たちの怨嗟の的になっていた。この滝某を諷した回文が便所の壁に書かれているのを、私は発見したのである。ちなみにいえば、回文とは、上から読んでも下から読んでも同じ文章のことである。

マントキタ、ウラワデワラウ、タキ、トンマ（マント着た浦和で笑う滝頓馬）

かつての旧制高校には、このような知的な諷刺精神が横溢していた。それにしても、少しはワイセツな落書きもあってよかったのじゃないか、と私は今にして思う。

機関車と青空

私の少年時代は、戦争の連続だった。小学校に入学すると日中戦争（当時はシナ事変といった）がはじまり、中学に入学すると太平洋戦争（当時は大東亜戦争といった）がはじまり、旧制高校にはいって、やっと戦争が終ったのである。あやういところで、私は軍隊へ行かないで済んだ。

戦争がだんだん激しくなってくると、私たちは学校の授業を中止して、工場へ行って働かなければならないことになった。いわゆる勤労動員である。中学から高校まで、ずいぶんいろんな工場へ通った。板橋の凸版印刷にも行ったし、八丁堀の製本屋にも行った。やはり板橋の鋳物工場や、赤羽の兵器補給廠へも行った。学生だか工員だか分らないような日常生活だった。

旧制高校は浦和だったから、私たちは学校の寮から、毎朝、整列して大宮の工機部に通うことになった。工機部というのは、機関車を整備するところである。老朽した機関車や故障した機関車が、全国各地からここへ運ばれてくる。

もちろん、私たちは大したことはできないから、雑役みたいなことをやらされた。蒸気機関車の前部のフタをあけて、その胴体のなかへもぐりこみ、ボイラーや煙突の周辺に付着した真っ黒な煤を、タガネとハンマーでけずり落すのである。それはかなり重労働で、しかも蒸気機関車の内部だからたまらない。仕事をしているうちに、汗と煤で全身真っ黒になってしまう。飛びちった煤は、ズボンからパンツのなかまで侵入するのである。

だから、帰りには風呂にはいる。工機部には大浴場が付属していて、みんな帰りには風呂にはいるのだった。

今日ではSLブームとかで、使われなくなった蒸気機関車をなつかしむ声がしきりであるが、私たちは戦争末期、大宮の工機部で、毎日のようにSLを相手に真っ黒になって格闘していたのである。その当時、私は十七歳であった。

C50（シゴマル）とかD51（デゴイチ）とかいった機関車の形式をおぼえたのも、この時である。もっとも、いまではすっかり忘れてしまった。SLブームには、私はとんと関心がないのである。

機関車の内部の煙突の下のほうに、ペチコートといって、スカートみたいに拡がっている部分がある。私がペチコートという言葉をおぼえたのは、この時が最初であった。女性のペチコートよりも、機関車のペチコートを私は最初に知ったのである。

大宮工機部は鉄道の重要施設だったから、よく敵機にねらわれた。艦載機がたびたび飛んできて、私たちは機銃掃射を受けた。空襲警報のサイレンが聞えると、私たちは仕事を中断して、それっとばかりに防空壕に逃げこむのである。防空壕から見あげる青空には、飛行機雲をひいたB29が小さく小さく銀色に浮かんでいた。あの青空は、いまでも私の心に焼きついている。どういうわけか、戦争末期の青空はじつに美しかったような気がするのだ。

鉄道工機部の制服は、青いぺらぺらの作業服である。私たちも鉄道員なみに、この青服を着て通っていたが、これを着ていると、非常に都合のいい点があった。改札口で片手をあげて「おす!」といえば、どこの駅でもフリーパスだったからである。当時は切符がなかなか買えなくて、汽車に乗るのは大へんだったから、私たちはこの青服の威力をずいぶん利用した。

しかし、私たちが高校の寮から大宮工機部へ通ったのは、昭和二十年七月から八月までの、ほんの一カ月にすぎなかった。八月十五日で戦争は終ってしまった。そして、戦争が終れば勤労動員なんかする必要はない。たった一カ月だったが、この汗と煤で真っ黒になった夏は、うんざりするほど暑い夏だったような気がするのである。

蒸気機関車のペチコートの下にもぐりこんで、顔や手足はもちろんのこと、パンツのなかまで煤だらけにして、真っ黒になって少年の私が働いていたなんて、現在の私の生活から見れば、とても考えられないことである。想像もおよばないことである。いまから三十四年前のその時代のことを考えると、私自身、茫然とするほどだ。

数年前、北海道旅行の途次、冬の知床半島を車で走っていたら、自動車道路と平行した釧網本線の線路を、蒸気機関車がシュッポシュッポと走っているのに出くわしたことがある。左手はオホーツク海、そして右手には斜里岳、海別岳、遠音別岳、羅臼岳とつづく知床の連山が、真っ白に雪をいただいた姿を青空にくっきりと見せていた。それはすばらしい眺めであった。

そのすばらしい眺めのなかで、ＳＬは健気に懸命に走っていた。その孤独に堪えた、毅然とした姿に私は感動した。そして、やはりＳＬはいいものだな、と思ったのである。

花電車のことなど

どこそこへ遊びに行くからというよりも、むしろただ電車に乗るということ自体が嬉しくて、子どものころは遠くへ外出するのが無上の楽しみだったものだ。根っからの都会育ちだというのに、どうしてあんなに電車に乗るのが嬉しかったのか、いまとなっては我ながら理解に苦しむほどだ。

山手線の電車でさえ、そんなに嬉しかったのだから、これが汽車ならば、なおさらのことである。

汽車というのは、子どもの目には何か生きもののように見えたもので、遠くから汗をびっしょり流し、息せき切って駆けてきた機関車が、ようやく駅に着いて、ほっとしたように大きな溜め息をつき、シューシューと荒い息づかいをしているところは、じつに健気で好ましい感じのものだった。鋼鉄の肌を黒光りに光らせて、黙々として働いているというところも、私たちに畏敬の念をあたえずには措かなかったものだ。

昭和二十年夏、私は旧制高校に入学すると、敗戦までの一カ月ばかり、大宮の鉄道工機部というところへ勤労動員で通うことになり、ここで、はからずも機関車と親しく付き合うことになった。鉄道工機部というのは、機関車を整備するところである。老朽した機関車や故障した機関車が、全国各地からここへ運ばれてくる。私は、蒸気機関車の前部のフタをあけて、その円い胴体の中へもぐりこみ、ボイラーや煙突の周辺に付着した真っ黒な煤を、タガネとハンマーでけずり落す作業をやった。

あたかも夏の真っ盛り、仕事をしているうちに、汗と煤で全身真っ黒になってしまう。飛びちった煤は、ズボンからパンツの中まで容赦なく侵入してくる。臍の孔まで黒くなるのだから、嘘みたいな話である。私のこれまでの生涯を顧みても、あんなに真っ黒になって肉体労働に従事したという経験はない。しかしこれによって、機関車というものとさらに親しく結ばれたような気がするのは事実で、私はますます汽車が好きになった。

近ごろのＳＬブームなどとは何の関係もないが、いまでも私は、たとえば北海道の知床半島などで、青空と海を背景に蒸気機関車がシュッポシュッポと走っているのに出くわしたりすると、その健気なすがたに、つい涙ぐましいような感動をおぼえてしまうのである。

同じ電車でも、東京の街を走っている市電には、子どもの私はそれほど魅力を感じなかった。その理由は、たぶん、運転手がすぐそこにいて、電動機のハンドルを手でまわしているのがよく見えるので、神秘性に欠けるところがあったためではないかと思われる。見ていると運転が簡単そうで、まるで玩具みたいで、あれなら自分にもできると私は思ったものだ。

そこへいくと、地下鉄は格段に神秘的だった。当時は浅草〜新橋間、それに新橋〜渋谷間しか走っていなかったが、地下へ降りていっただけで、なんだか空気までがひんやりとした蛍光色をおびて、この世ならぬ雰囲気に一変するような気がした。三島由紀夫によると、当時の地下鉄の構内には「ゴムのような薄荷のような匂い」が漂っていたというが、その記憶は私にもある。私はガソリンの匂いも好きだったが、この地下鉄の匂いも大好きだった。

いまでは見られなくなってしまった風俗の一つに花電車があるが、昭和の初期には、なにかといえば花電車が繰り出したもので、夜目にもきらびやかなイルミネーションにつつまれた路上の電車は壮観だった。

荷風の『断腸亭日乗』昭和十五年十一月十二日の項に、「ふたたび銀座食堂に至り晩食を喫す。あたかも花電車数輌銀座通りを過ぐるに会ふ。街上の群集歓呼狂するがごとし」とあるが、これは紀元二千六百年記念式典の一環としての花電車で、時局を呪っていた荷風は冷たい目で見ているけれども、少なくとも私たち小学生の目には、まことに景気のいいものとして映ったのをおぼえている。

「花電車は昭和十一年の秋が最後にて其後は無かりしがごとし」と書いた荷風は、さらに同年十一月十六日の項に次のように書いている。「余病院薬局の女の語るところを聞くに病院内にて花電車を見たることなしといふもの三分の二以上にて、これを知るものは四十あまりの者ばかりなりとの事より推測して、現在東京に居住するものの大半は昭和十年以後地方より移り来りしものなることを知れり」と。しかし私の記憶では、この昭和十一年から十五年までのあいだにも、何度か花電車を見たような気がしている。

そもそも子どもにとって電車が魅力的なのは、ガラスの障壁をへだてて運転席にすわっている制服制帽の運転手が、羨望の的だということにもよるであろう。「おとなになったら、なにになりたい」と聞かれるたびに、私は「電車の運転手になりたい」と答えていたらしいが、多くの子どもが同じような返答をするようなので、そのかぎりでは、まことに陳腐な願望をいだいていたといえる。

この電車の運転手とどっちが先だか分らないが、或る時期には、私は野球選手になりたいといっていたこともあるようで、いま考えてみると、おかしな気がする。たまたま六大学野球の黄金時代で、しかも、ようやく普及し出したラジオの実況放送が人気をあつめていたころだったので、当時二つか三つの私は、よくアナウンサーのまねをして、

「ピッチャー宮武、第一球のモーション、投げました」

などとやっていたらしい。ろくに歩けないうちから、口だけは達者だったらしいのである。

ちなみにいえば昭和二年、高松商業から慶応大学へすすんだ宮武三郎は、投手として完投二十七、三十六勝六敗、通算打率三割四厘、本塁打七で、その記録が長島の登場まで破られなかったという極めつきの大選手である。ベーブ・ルースが来日したのが昭和九年だから、そのころまで私の野球熱はどうやらつづいていたようだ。

考えてみると、私は二つか三つのころに最初の野球熱を体験し、次いで小学校の三年か四年のころに第二回目の野球熱を体験してしまったので、もう現在では、てんで野球というものに興味を失っている始末である。

野球でも相撲でも、私たちはもっぱらラジオの実況放送で育った世代なので、シーズン中あるいは場所中は、学校がおわるや家に飛んで帰って、おのがじしラジオにかじりついたものであった。この「かじりつく」という表現は、ラジオにこそふさわしいもので、テレビでは一向に感じが出ないように思われる。文字通り、ラジオをかかえこむようにして放送に耳を傾けているひとを、よく私たちは見かけたからである。

当時のラジオは機械も粗悪だったのか、よく故障をおこしたもので、肝心のときになると、ガーガーピーピー、プクン、ポコポコなどと、やたらに雑音がはいって、アナウンサーの声がまったく聞きとれなくなってしまうことがあった。腹立たしさのあまり、力いっぱいラジオを殴りつけると、とたんに聞えるようになったりする。たしか「のらくろ」の漫画にも、ブル連隊長が相撲放送を聞いているうちに、だんだん雑音がひどくなって、ついにはまるっきり聞えなくなってしまうというのがあったのをおぼえている。

ここで話題を変えることをお許しいただきたいが、ごく最近、横浜の中学生が浮浪者に集団で暴行を加え、これを死にいたらしめたというニュースを新聞で読んで、私は「なんという弱く育った連中だろう」と思った。そして、ゆくりなくも映画「E・T」を思い出したのである。

私の意見では、映画「E・T」を見て涙をこぼす中学生と、弱い老人を集団で袋だたきにする中学生とは、まったく同じメンタリティーをあらわしている。両者とも、強さを美徳とする風潮が完全に失われてしまった世の中に育った、あわれな子どもたちの短絡的な反応を示しているといえるからだ。強さへの志向がなければ、弱者に対する思いやりも失われるのだということを、私はここで特に強調しておきたい。

或る新聞に私は映画「E・T」についての感想文を書いたが、その一節を次に引用しておこう。

「E・Tがだんだん弱ってきて、苦しそうなうめき声を発したり、医者に人工呼吸をしてもらったりするようになると、なぜか私には、その顔が人間のおじいさんの顔のように見えてきて仕方がなかった。そういえば、もともとE・Tは、その顔といい手足といい、やはり皺だらけの老人にいちばん近いのではないだろうか。そこで私はこんなことを考えた。すなわち、もしも老人ホームから脱出してきた孤独なおじいさんが、あなたの家にひょっこりあらわれたら、あなたはエリオット少年のように、おじいさんを自分の部屋にかくまってあげますか、と」

「まさかE・Tはかわいいけれども、おじいさんはかわいくないからイヤだなんて、冷たいことをおっしゃるひとはいないでしょうね」

私がこう書いてからほんの一カ月ばかりのうちに、浮浪者は「酒くさくて汚いから退治しよう」といって、弱い老人を集団で殴ったり蹴ったりした中学生のグループがあらわれたのである。私の危惧はぴたり的中したようで、なんだか寝ざめがわるいような、へんな気分である。

ここでは堅苦しい議論はなるべく避けたいと思うが、今日の世の中に強さを美徳とする風潮が完全に失われてしまったのは、戦後教育の問題もさることながら、一つには家庭における父のイメージの失墜のためであろうと私は考える。昔のような家庭の基盤がすでに崩壊して、母性原理がマグマのように社会全体に瀰漫しているというのに、それに見合うだけのモラルがないので、暴力が地殻をやぶって噴出してくるといった感じなのだ。中学生が無意味な自殺をするのも、むろん、同じ傾向のあらわれであろう。

せめて生きるための強さぐらいは叩きこんでおかないと、やがて子どもたちが、ことごとく自殺に走るという事態にもなりかねないだろう。やさしさだけでは、だめなのである。

ピストル

ご多分にもれず、私の八月十五日の記憶も、かっと照りつける無慈悲な夏の太陽と、赤茶けた焼跡に生い茂る夏草と、遍満する蟬の声と、時間の停止してしまったような青空と……それらすべてのアマルガムである。みじめで愚かな戦争が終ってみると、そこに強烈に息づいているのは自然のみだった。過剰な自然が過剰なまま、しんと静まりかえって、荒廃した人間や文明の側とのあいだに際立った対照を見せていた。

あとから記憶の補強作用によって修正され変化したところも少なくないと思うが、この私の八月十五日のタブロー、どこからどこまで夏の白い光に満ちあふれたタブローのなかに、ただ一点、黒い部分がある。太陽の黒点みたいなものだろう。それは正確には八月十五日の出来事ではないが、現在の私の印象では、この日と分ちがたく重なっているのである。

そのころ、私の一家は東京で戦災を受けて、埼玉県の深谷市のS銀行支店に隣接した、社宅みたいな離れに身を寄せていた。私は正式には旧制浦和高校の寮にはいっていたが、敗戦まで学徒動員で勤務していた大宮の鉄道工機部の制服（つまり青い作業服である）を着ていさえすれば、フリーパスで汽車に乗れるという便利があったので、しばしば口実をつくっては家に帰っていた。実際、当時はなかなか切符が買えず、鉄道の利用が困難をきわめていたので、この鉄道員並みの青服の偉力には、ずいぶん恩恵を蒙ったものである。

私の一家の住んでいた銀行の裏には、陸軍の兵器補給廠に所属する倉庫があった。大きなコンクリートの倉庫である。八月十五日とほとんど同時に、突然、この倉庫には管理人も番人もいなくなってしまった。重い鉄の扉も開けっぱなしのままで、侵入しようと思えば、誰でもたやすく侵入できるような状態にあった。

私は誘惑に抗しきれず、或る日、がらんとした補給廠の倉庫に忍びこんで、棚にいっぱいならんでいる、革のサックにはいった陸軍の拳銃を一挺、盗み出した。サックから抜き出すと、てらてら油で光った、ずっしりと重たい拳銃である。

三十年以上もたっている現在、盗みはすでに時効であろうし、第一、帝国陸軍が崩壊しているのだから問題にもなるまい。隠匿物資という言葉が流行するようになった当時の世相を思えば、私のやったことなどは児戯に類するだろう。たしかに、私はどう頑張っても十七歳の少年でしかなかったので、児戯に類することしかできなかったのだ。それが実情であろう。

それにしても、私はなぜピストルを盗んだのだろうか。私はすでに軍国少年ではなくなっていたから、この敗戦の混乱期に、ピストルをふりまわして、どうこうしようというような思いつめた気持は微塵もなかった。ただ子供っぽい所有欲に駆られただけのことではないか、と思われる。それが証拠に、私は弾丸を盗むことを完全に失念していたのである。これでは少年ギャングも失格であろう。

それでも、この陸軍の旧式な拳銃が、とにもかくにも人間を殺すことのできる、一個の殺人機械であったことに変りはなく、私が本物のピストルを自分の所有物としたのは、あとにも先にも、この時しかないのは事実なのだ。私のような人間がピストルを手にすることができたのだから、いかに八月十五日前後が無法の時期であったか、推して知るべしというものだ。

八月三十日、マッカーサーが厚木飛行場に到着し、やがてアメリカ軍が東京のみならず、全国の地方都市にも進駐してくることになった。もう冬に近かったと記憶している。いよいよ明日はアメリカ軍が深谷市にもやってくるという知らせのあった日、私は盗んだピストルを前にして、しきりに思い悩んだ。米軍は民家を一軒残らず家宅捜索して、武器を隠匿している者を逮捕するにちがいない、と考えたからである。これは必ずしも私だけの妄想ではなく、その当時の誰しもが頭の隅で考えたことだっただろう。それに、倉庫に残った拳銃の員数をしらべれば、一つ足りないことはすぐ露見するだろうという心配もあった。

深夜、私はスコップをもって庭に出た。庭といっても、人目を遮るほどの塀や垣根があるわけではない。私は妹を見張りに立たせておいて、八手の樹の下に深く穴を掘った。ピストルを油紙でつつみ、これを麻縄できりきりと縛って、穴のなかにそっと置き、その上にふたたび土をかぶせた。

実際に緊張もしていたが、半分は自分を冒険小説の主人公か何かのように空想して、楽しんでいたところがないわけでもなかったような気がする。

「へん、これでアメゾルに見つかる心配はなくなったぞ」と私はひとりごちた。アメゾルというのは当時の高校生用語で、アメリカのゾルダーテンすなわち米軍兵士のことである。

その後、私はこの穴のなかのピストルを掘り出していない。米軍はもちろん、倉庫のなかのピストルの員数などに頓着しなかったけれども、私のほうで、ピストルに対する情熱が急速に冷めてしまったからである。もう一度スコップを握って、埋めたものを掘りかえすのが、億劫な気分になってしまったということもある。闇市へもってゆけば高く売れるだろう、と気がつくころには、もう私の一家は深谷市を引きはらってしまっていたのだった。

私は今でも時折考える。あのとき、てらてらと鈍色《にびいろ》に光っていた殺人機械は、きっと今では土のなかで赤錆を生じ、ぼろぼろに腐食しているにちがいない、と。あるいはビルか何か建てるために整地され、偶然に掘り出され、石ころと一緒にどこかへ捨てられたにちがいない、と。

先年、ロールシャッハ・テストなる心理試験を受けて、試験者から「あなたにはどうやら攻撃性が欠如しているようだ」と指摘された時にも、私はふっと、埋めたピストルのことを思い出したものである。もしかしたら私はピストルを形代《かたしろ》にして、つとに昭和二十年に、私の殺意を土中に埋めたのではなかったろうか、と。

私の八月十五日のタブロー、夏の光に満ちあふれたタブローのなかに、太陽の黒点のように染みついた小さな黒い部分というのは、今まで述べてきたような、穴のなかのピストルのイメージだったのである。

私が庭に穴を掘ったのも夜だし、穴も黒いし、ピストルの鋼鉄も黒い。そして私の心も、そのとき、一種の黒々としたうしろめたさを感じていたのは確実であろう。いわば同心円のように黒い部分が重なって、白いタブローにぽっちり、染みをつけているのである。

体験ぎらい

体験を語るのは好きではないし、体験を重んじる考え方も好きではない。鬼の首でも取ったように、何かと言えばすぐ「体験の裏づけがない」などと批判したがる人間は、私には最初から無縁の人間だ。

もっとも、人間は生まれてから死ぬまで、因果なことに、一瞬一瞬、必ず何らかの体験を強いられているわけで、極端に言えば、眠っている時だって夢の体験、あるいは無意識の体験をしているのだから、体験なしに人生を送ることは考えられないのかもしれない。私たちの人生は、くだらない体験の連続であって、体験なしの空白の人生などというものは、狂人でもない限り、望んでも得られるものではないのかもしれない。

体験なしの空白の人生！　光り輝く詩の瞬間！　もしそういうものを首尾よく手に入れることができたら、私はいわゆる「ファウスト的人間」を克服したことになり、私の幸福はまさに完璧なものになるだろう。

しかし遺憾ながら、体験というやつは、まるで陰険な虫か何かのように、私の生を十重二十重に取り巻き、これを少しずつ食い荒らすことをいっかな止めないのだ。

グリューネヴァルトの描いた凄惨な老人像のように、私は体験の虫に食い荒らされ、孔だらけにされて、最後にはぼろぼろになって死んでしまうだろう。

ちなみに、人間にあたえられた一切の幸福と苦痛とをみずから体験し、自我を普遍的なものに高めようとする「ファウスト的人間」とは、エコノミック・アニマルをもじって言えば、フィロゾフィック・アニマルとも称すべき、歴史の強迫観念に憑かれた、あくせくした体験偏重主義者のことである。

そういう次第で、私はいつも体験の重圧から逃れたいと考え、体験のない空白の世界へ、天使のように身も軽々と飛びあがってしまいたいと念願しているのであるけれども、そういうチャンスは、おいそれとは巡ってこないらしいのである。

それでも記憶の底をさぐってみると、たった一度だけ、そんなようなチャンスに恵まれたことがあったような気がしないでもない。

あれは今からもう三十年近くも前のことだったろうか。何でも壊滅的な戦争が終って、そこら中に夏の白い光が遍満していたような記憶がある。

私は当時、満十七歳で、旧制高等学校の白線帽をかぶり、マントを着、朴歯の下駄をはいて歩きまわっていた。こんな珍妙な恰好は、おそらく私たちの世代が最後であろう。頭のなかは完全に空っぽで、何もすることがなくて、私はただ、当時仮住まいしていた埼玉県のＦ市の、線路向うの神社の裏山に、毎日のようにぶらりと出かけては、怠惰な一匹の獣のように、草の上にひっくり返っていた。夏休だから、学校はまだ始まっていないのである。いや、その時の私の頭では、もう永久に学校は始まらないような気がしたものである。

正確に言うならば、それは八月十五日から一週間ばかり経った期間で、私にはこの期間、まさに歴史が停止してしまったかのような印象があった。マグリットの絵のように、晴れ晴れとした青空と、そこに浮かんだ白い雲の下で、万象がみるみる虚妄の色を帯びてくるかのような印象があった。この印象はたぶん、私の内部で、あとから修正され変化したものにちがいない。

お断わりしておくが、私たち高等学校の寮に生活していた若者は、ほとんどすべて、八月十五日より以前に日本の敗戦を予知していたし、暗い灯火管制のもとで、しばしば敗戦後の日本の運命について、一室に集まっては議論に熱中したりしていたほどだから、例の玉音放送によってショックを受けたり、突然の虚脱感やら解放感やらを味わわせられたりした者などは、おそらく一人もいなかったはずなのである。私とて例外ではない。若者は敏感である。「最後の一線」とか「国体護持」とかいった情報局総裁の談話からだけでも、若者はそこに胡散くささと破滅の臭いを敏感に嗅ぎつけたものである。

私は草の上に獣のようにひっくり返って、その当時、何を考えていたのだろうか。どうもはっきり思い出すことができない。

思い出すことができないからこそ、空白の体験ということにもなるわけだが、もしかすると、私はただ自然の過剰に目を奪われていただけだったのかもしれない。あたかも盛んな夏であった。

赤茶けた焼跡とのコントラストによって、あれほど自然が際立たせられた時代はなかった、と私は考える。陽光も、植物の緑も、雨も風も、すべてがこの時代には強烈であり、過剰であったようだ。みじめなのは人間だけであり、滑稽なのは文明の側だけだった。……

ところで、あれから二十有余年、またしても体験は山のように私のまわりに押し寄せ、私は現在、体験の海のなかで溺れて死にそうな形勢である。神秘的体験や恐怖の体験こそなかなか味わえないにしても、知的体験から始まって性的体験までにいたる日常的な体験の幅の広さは、うんざりするほどのものである。とにもかくにも、体験の数を減らすことが急務ではあるまいか。

しかし、こんな私の悲願もあらばこそ、日本人の体験好きはますます猖獗をきわめ、テレビや週刊誌から総合雑誌まで、世はあげて体験を掘り返し漁りつくし、映像にしたり活字にしたりすることに大わらわの現状ではある。

初体験などというネオロジスムが、そのままセックスの初体験の意味に用いられ出したのは、いつ頃からであろうか。

野暮を承知で言うならば、私たちがただ一つ、大事に守って行くべきなのは、ジョルジュ・バタイユのいわゆる「内的体験」というやつだけだろう。

そのほかの体験は、せいぜい処世のための役にしか立たない、人間の生の絶対的側面とは、ほとんど何の関係もないものにすぎないのだ、と私は勝手に料簡している。

戦後の日々

戦前戦後、私の銀座

土手に咲くツツジの花が美しい閑静な駒込駅から省線電車に乗って、有楽町か新橋の駅で降りる。これが私の少年時代の銀座に出るコースだった。昭和十年代前半のことである。

戦前から戦後、そしてオリンピック以後の現在へかけて、有楽町の駅も変貌に変貌を重ねたような気がする。たとえば戦後の一時期、銀座方面への出口のまん前に、かなり間口のひろい一軒の古本屋があったことを私はおぼえているが、こんなことが今どき信じられようか。日比谷方面へ出るには、お稲荷さんのある曲りくねった細い道を通らねばならなかったことを記憶しているひとも、今や少数派ではなかろうか。

そのころ、小学生の私が両親といっしょに数寄屋橋を渡っていると、かならず街頭写真屋にパチリとやられたものである。親子づれはねらわれたのであろう。実際、日劇の前から数寄屋橋にかけて、通行人をスナップしようと待ちかまえている街頭写真屋の数はおびただしく、たしか太平洋戦争がはじまってからは禁止されたのではなかったろうか。

数寄屋橋の上から眺めると、朝日新聞社の向うに白っぽい色をした、邦楽座の建物の背面がちらりと見えるのも印象的であった。

昭和十六年二月、李香蘭が日劇に出演して、日劇のまわりを七回り半の長蛇の列が取り巻いたのは有名な話であるが、そうでなくても地下のニュース映画を観るために、当時、いつも日劇のまわりには、地下から地上にあふれた長い列ができていた。もう戦争もはじまっていたころ、私は両親とともにニュース映画を観てから、和光の裏の梅林（珍豚美人《チントンシャン》）でトンカツを食べるのがなによりの楽しみだった。

梅林の箸袋には、チントンシャンにちなんで、豚が三味線をひいている絵が描いてある。今はどうか知らないが、子どもの私には、これがおもしろくて仕方がなかったものだ。

クリスマスには、頬を上気させて宵の銀座の雑踏に揉まれながら、二丁目の伊東屋までぶらぶら歩き、そこで文房具かなにかを買ってもらって、お茶を飲んで帰ってくるというコースになった。帰りは須田町経由の市電で神明町車庫前まで来るか、さもなければ奮発して円タクに乗ったものだ。

このあたりで、そろそろ戦後に話題を移そう。

あれは私が浦和の旧制高校にいたころだから、たしか昭和二十一年だと思うが、あるとき、私は友だち二人とともに、数十冊の本をかついで銀座へ売りに行ったことがある。友だちの父が蔵書家だったので、その書斎からこっそり本を持ち出したわけだ。有楽町のガードの下にゴザを敷いて古本をならべている露天商に、私たちは本を売って金を手に入れると、さっそく東劇でフランス映画を観た。たしか「商船テナシチー」だったと思う。それから東劇の前の川でボートに乗って遊んだ。もちろん、今は川はない。

銀座で売ったのは本ばかりではなくて、私は旧陸軍の兵器廠から盗み出した、双眼鏡や革のベルトなんかを新橋の闇市で何度も売ったことがある。どんなものでも右から左へ金に換えることができる時代だった。

昭和二十三年、旧制高校を卒業した私は大学の試験に落ちて、いわゆる白線浪人になった。このとき、二十歳になったばかりの私を引っぱって銀座へ連れ出し、そのワルプルギースの夜のようなおどろおどろしい戦後の息吹に浸らせてくれたのは、今は亡き姫田嘉男氏である。東和映画のスーパーインポーズをやっていた姫田氏は、またヤクザ小説の作家でもあって、高見順と仲がよく、いかにも親分肌のところがあった。

そのころ電通ビルの前に「ねすぱ」という喫茶店があり、ジャーナリストの溜り場になっていたが、私はここで、当時「世界文化」を出していた気鋭のジャーナリスト水島治男や広西元信に会っている。有楽町から築地に移った、文士や編集者の溜り場のごとき「お喜代」にも、私は姫田氏に何度も連れて行かれた。なにしろ若かったので、談論風発する多士済々のなかに混じって、私は学生服をきて、ただ黙々と酒を呑んでいるほかなかった。

こうして私は、娯楽雑誌「モダン日本」を出していた築地の新太陽社にアルバイトで勤めることになり、同社の編集部にいた吉行淳之介と知り合うことになるわけであるが、この経緯はもう何度も書いているから、くわしくは書かない。むしろ当時の銀座のことに話題をしぼろうと思う。

ある日、私は編集長から命ぜられて、たしか三原橋の交差点だったと思うが、そこの広場に立っている広告板に書かれた、笠置シズ子の「東京ブギウギ」の歌詞を筆写しに行ったことがある。替え歌をつくるから歌詞が知りたいと編集長はいうわけだ。ぞろぞろ人通りの多い銀座のまんなかで、手帳を出して流行歌の歌詞なんか写しているのは、なんともカッコわるく、私は編集長をうらんだことをおぼえている。念のためにいうが、この編集長というのは吉行さんではない。

そのときの替え歌というのは、次のようなものである。

電車ボロボロ　レール凸凹
ガラス壊れて　あぶない

川を渡りゃ　落ちるよ
電車ボロボロ
ボロの電車は　日本の恥だ
遠い昔のあの夢（以下略）

当時はドアが急にあいて、乗客が振り落されたりするということがあって、電車にも安心して乗れないような時代だったということを頭に入れておいていただきたい。

敗戦このかた社交ダンスが猖獗をきわめ、銀座に雨後の筍のようにダンスホールが乱立したのも、この昭和二十三年ごろのことだ。そして、この当時もっとも人目をそばだたせた銀座風景の一つは、メリーゴールドのダンサーたちが野球のチームを結成、ユニフォームをきて、ビルの谷間の空き地（今では考えられないが、銀座に焼け跡の空き地があったのである）で、野球の練習をしていたことであろう。

私は会社に通う途中、キャーキャーと黄色い声をはりあげて野球をやっているダンサーたちのすがたを、一度ならず目撃したものである。

そうかと思うと、今ではなくなってしまった数寄屋橋ぎわの小公園で、踊る宗教の連中が恍惚たる無我の表情で、踊り狂っているところに私はぶつかったこともある。

これも昭和二十三年夏のことだ。

新橋の烏森側に「凡十」という飲み屋があり、のちには同じ経営者が有楽町のマーケット街に「マルセーユ」という店もひらいたが、これらの店で、私は若き日の写真家の林忠彦氏や漫画家の加藤芳郎氏や、そのほか数限りないひとたちと酒を酌み交わしたものである。もっとも、まだ海のものとも山のものとも知れない若い編集者にすぎなかった私を、向うさまがおぼえていらっしゃるかどうかは、はなはだ疑わしいと申さねばならぬだろう。

ポツダム文科の弁

某日、渡辺憲一君から電話があって、何か書けという。見渡したところ、第二十四回生で文筆業者を名のっているのは、どうやら私ひとりらしいから、ここは一筆しないわけにはいくまい。

顧みれば往事茫々、私たちもようやく五十歳代になった。今から三十数年前、あの夏の炎天下の入学式が思い出される。おそらく七月の変則的な入学式をやったという世代は、あとにも先にも私たちだけではないだろうか。あれは何か歴史の空白期、歴史の歯車が一瞬、停止した時期のように思われてならないのである。

それだからこそ、私たちは一層、あの昭和二十年からの三年間を、痛切なノスタルジアとともに思い出すのではないだろうか。余人は知らず、これは私たちの世代の特権と称してよいであろう。この特権を、どうして享受しないでいられるだろうか。

私はいわゆるポツダム文科である。そして我ながら驚くべきことに、野球部に属していた。戦後いちはやく、浦高野球部が再建されたとき、勇躍して武原寮から銀座の運動具店ミズノにバットとボールを求めに行ったのは、私である。銀座にはまだ焼跡があり、四丁目ではアメリカ兵（アメ・ゾル）が交通整理をやっていた。景気よく走っているのはジープだけだった。……

そんな話を最近、一杯機嫌で若い戦後生まれの雑誌編集者などに語って聞かせると、

「へえ、先生が野球部ですって？　それじゃ浦高はよっぽど弱かったでしょうね」

などと言って彼らは笑うのである。渡辺君、国又君、今津君、浦高野球部の名誉を傷つけて、ごめんなさい。

それにしても今年（昭和五十三年）の文理合同の大コンパは、まことに感銘深いものがあった。近き将来、この感銘をもう一度、ともに味わいたいと願うのは私ばかりではあるまい。

リス・ゴーティの歌う「パリ祭」

私が旧制中学校に入学した年の冬に太平洋戦争がはじまり、旧制高等学校に入学した年の夏に戦争が終結したのは、奇妙な偶然である。あれは終戦後の何か月目ぐらいだったろうか、そのころ私たちが生活していた高校の寮に、ひとりの友人が一枚のレコードをもってきた。それはリス・ゴーティの歌うシャンソン「パリ祭」であった。おそらく昭和初年に出たものであろうか、そのかなり傷んだ古いレコードを、私たちは手廻しの蓄音器で何度も何度も聴いた。ゼンマイを巻いて、一曲ごとに、いちいち針をとり替える蓄音器である。

ご存じのように、当時は食糧事情が極端に悪く、私たちは寮の食堂でイモやマメを食いながら、その戦争前の良き時代のフランス女の声に、陶然と聞きほれたのである。

おもしろいことに、すでに満十七歳になっていた私たちの世代は、占領下の日本に滔々と流れこんできたアメリカ民主主義には一向に惹きつけられなかった。かえって、戦争前の昭和初年のフランス文化に、ふしぎなノスタルジアを感じたのだった。

昭和三年生まれの私が少年時代を過ごしたのは、二・二六事件から蘆溝橋事件を経て、やがて日本が太平洋戦争に突入するまでの、わずかに残された昭和初年以来の享楽主義的な雰囲気が、次々につぶされていく時代であった。私たちは子供ながら、ドイツのウーファー映画の主題歌や、シャンソン・ド・パリや、ジャズ音楽などを甘い思い出として、心の隅に記憶しながら育ったのだった。

たとえば、私たちは子供のころ、大学生の従兄弟の家や、ちょっと不良っぽいマダムやお嬢さんのいる近所の家などへ遊びに行って、「ラ・クンパルシータ」や「ヴェニ・ヴェン」を聞かせてもらっていたし、鎌倉の由比ヶ浜では、ビーチ・パラソルの下のポータブルから聞こえてくる、「カプリ島タンゴ」や「可愛いトンキン娘」のメロディーを耳にしていたのである。チャップリンも知っていたし、ミスタンゲットも知っていたのである。

そういう少年時代のなつかしい記憶が、敗戦とともに、一枚の「パリ祭」のレコードによってなまなましく揺すぶられたのである。

大げさにいえば、やがて私がフランス文学をえらぶようになったのも、あの窮乏の時代に聞いた一枚のシャンソンのレコードのせいかもしれないのだ。

「ア・パリ・ダン・シャク・フォーブール」というリス・ゴーティの声は、今でも私の耳に、少年時代と青春時代の二重写しになった、何ともいえないノスタルジアをささやきかけて止まないのである。

（現在、この戦前の盤はロココ・レコード「オリジナル盤による戦前欧羅巴映画主題歌集」に収録されている）

東京感傷生活

ふたたび焼跡の思想を

わたしは東京で生まれ、東京で育った。終戦直後の一時期、東京以外の地方都市で生活したこともあり、さらにその後、湘南の鎌倉に移り住んで、何の因果か以来十数年、いまだに鎌倉を離れないでいることはいるが、しかし、鎌倉は東京に依存した衛星都市のようなものだから、広い意味でいえば、生まれ落ちてこのかた、わたしはずっと東京生活、東京を中心とした生活をつづけているということになる。即かず離れず、という言葉があるが、わたしと戦後の東京との関係は、ちょうどそれである。

土地の商人や百姓は別であるが、この鎌倉に流れこんできた人間の半数は、朝、横須賀線に一時間揺られて東京の都心部へぞろぞろ出かけて行き、夕方、ふたたび電車にのって、疲れ切った様子で家庭に帰ってくるという、半ば東京人、半ば鎌倉人の奇妙な通勤生活をつづけているはずである。学生も多いが、サラリーマンもむやみに多い。終電車なんぞに乗り合わせると、銀座界隈のバーの女給さんが、酔客とともに新橋あたりから、嬌声をあげて車内にどやどや押し入ってくる光景も見られて、これはなかなか壮観である。彼女ら「夜の蝶」も、通勤者であることに変りはない。最初のうちは、酒の勢いでワアワア騒いでいるけれども、横浜をすぎ、大船をすぎる頃になると、さすがに彼女らにも勤めの疲れが出てくるのであろう、ついには座席の上で、同伴者の肩にもたれて、居ぎたなく眠ってしまう。まことに虚無的な目つきで、週刊誌のページを繰っている者もある。そうして翌日の午後には、お白粉を刷き直し、口紅を塗り直して、ふたたび銀座界隈に出て行くのである。

しかし、これは何も女給さんの生態に限ったことではない。わたしのような自由業者だって、東京に出かければ、帰りはおおむね酔っぱらって、ぎりぎりの発車間際に、ようやく終電車に飛びこむということになり勝ちである。戸塚、大船あたりでそろそろ車内が空きはじめると、夜の風に酔いざめの肌がぞっと冷たい。たぶん、そんなとき、わたしも虚無的な目つきをしているにちがいない。つまり、東京はわたしの社交場であり、遊び場であるとともに、生活の資を得るための場所であり、そしてまた、いい、いい、疲れに行くための場所でもあるのである。

たしかに、東京はひとをして疲れさせる。神経的にも、肉体的にも、精神的にも。東京を中心として戦後十八年暮らしてきたわたしの、これが実感というところである。

とはいえ、わたしは必らずしも、この東京という気違いじみた都会を呪っているわけではない。呪ったところではじまらないと思っている。そうではないか。なるほど、東京を無秩序なマンモス都市、収拾しがたい混乱した、世界に比類のない醜悪な大都会にしてしまったのは、明治以来の田舎者の藩閥政府、それに引きつづく歴代の保守反動政府ではあろう。しかし、東京の混乱は、日本文化の混乱の縮図であって、単なる都市計画だけの混乱ではないはずである。東京の混乱の根は、日本文化の混乱と同様に深いのである。この点に注意しなければならない。

*

たとえば永井荷風とか、谷崎潤一郎とか、あるいは石川淳とかいった、古い江戸の伝統と情緒をなつかしむ小説家が、その作品中の随所に、明治藩閥政府の悪業を非難する言葉を放っているのは、よく知られているが、荷風の比較的おとなしい『下谷の家』のような小品のなかにさえ、「歴史の尊重には全く無頓着な東京市の市政が、此の辺鄙までも市区改正の兇手を拡げさへしなければ……」などと書かれてあるのを見ると、彼らの根ぶかい反体制的姿勢に、いささか驚かざるを得ないのである。

同様に、谷崎潤一郎の最近の『瘋癲老人日記』にも、「今ノ東京ヲコンナ浅マシイ乱脈ナ都会ニシタノハ誰ノ所業《しわざ》ダ、ミンナ田舎者ノ、ポット出ノ、百姓上リノ、昔ノ東京ノ好サヲ知ラナイ政治家ト称スル人間共ノシタコトデハナイカ。日本橋ヤ、鎧橋ヤ、築地橋ヤ、柳橋ノ、アノ綺麗ダッタ河ヲ、オ歯黒溝ノヤウニシチマッタノハミンナ奴等デハナイカ。隅田川ニ白魚ガ泳イデタ時代ノアルコトヲ知ラナイ奴等ノ仕種デハナイカ」などと、激烈な政治家攻撃の文章が見つかる。

すぐれた文明批評家であり、海外の新文学を採り入れて日本文壇に清新の気を吹きこんだ、荷風や潤一郎のような西洋好きの作家が、どうして後向きの、懐古的な、江戸の伝統や情緒のなかに沈湎しなければならなかったか、——これは、東京の都市計画の乱雑さを云々する上にも、一度は考えなければならない問題であろう。

奇矯な言辞を弄するごとくに思われるかもしれないが、東京のせせこましい乱雑さは、見方によっては、日本人の美学にかなりマッチしているのかもしれないのである。——本格小説や全体小説を待望する声が、あれほど大きいのに、どうして日本の文学界は、みじめったらしい、貧乏くさい、湿潤な、ぐにゃぐにゃした、筋もプロットもない、雰囲気ばかりが濃厚な、私小説と称する化けものじみた文学作品しか生み出すことができないのか？　碁盤の目のような街路や、高層アパートや、明るい公園や、水洗便所や、ハイ・ウエイやの完備した近代都市のような、エネルギッシュな合理主義的頭脳によって緻密に計画された長篇小説、本格小説は、そもそも日本人の趣向に合わないのだろうか？——こんな疑問にとらえられるのは、わたしばかりではあるまい。

飲み屋の立ち並ぶ何とか横丁とか、ヤキトリの臭いのむんむんする駅前何とか組マーケットとか、こういった雰囲気は、私小説発生の精神的基盤であるとともに、東京の都市計画を絶望的に困難ならしめる要素でもあるのだ。私小説がほろびないように、何とか横丁もなかなかほろびない。

フォルム・ロマーヌム（ロオマの広場）を中心にひろがったロオマの市街も、城壁の内部に整然と区劃されたヨーロッパの都会も、すべて徹底した合理主義精神、生活を便利ならしめる合理主義精神によって築き上げられているのに、日本の都会は、――いや、日本人の精神は、いかなる文化の領域においても、いまだかつて徹底した合理主義の果実を実らせたことがない。ともすると生活のなかにみみっちい美学が侵入してくるのが、日本文化のふしぎな特徴であって、それが今日の日本の文化的混乱を、良い意味でも悪い意味でも、助長しているのである。象徴的にいえば、便所のなかに花を生ける精神、たとえそれが水洗便所であったとしても。

＊

東京人は借家人的感情を拭い去ることができない、と言われる。当然であろう。みずからの手で町をつくり、町を防衛し、町を破壊したことすら一度としてないのである。

普仏戦争のとき、ナポレオン三世はたちまち降伏したが、パリの二百万市民は籠城して町を守ろうとした。一七八九年の大革命も、パリ・コンミューンも、レジスタンスも、パリ市民によるパリ市民の戦いであった。

日本ではどうか。明治維新、江戸城明け渡しの際、徳川慶喜の弱腰を喜ばぬ彰義隊が、上野の山に立て籠って、辛くも明治政府に反抗したことがあったが、市民は概してこの挙に無関心であった。徳川幕府と交代した明治政府の東京市政は、荷風のいう通り、「歴史の尊重に全く無頓着」であり、かつ、都市計画にも全く無頓着であった。晴天の霹靂、関東大震災は、東京市民に雑草のごとく生きることを余儀なくさせた。今次大戦末期、B29がふたたび東京の街をきれいさっぱり焼野原にしてくれたが、アメリカ占領軍から保守党の手に移された都政は、やがて、わたしたちの夢を踏みにじり、見るも無残なグロテスクなすがたに東京を変貌させた。

——これで東京人に東京の街を愛せよと言ったって、無理な話であろう。市民の手による革命かクーデタか、あるいは暴動か叛乱かの戦火を一度くぐり抜けなければ、すなわち、市民の赤い血が流されなければ、東京は、ついに東京都民に愛される町にはなり得ないのではないか、とさえ思われる。

京都の町には、とにもかくにも、応仁の乱というものがあった。この応仁の乱は、石川淳氏によると、「その発端に於て武家の興行に係ることはなほ古例のごとくではあつても、実体はかへつて先蹤に似ない。といふのは、この乱を支配した根柢のエネルギーは筋目の武家にはなくて、人民の中の足軽と呼ばれた相好さだまらぬ集団にあつたからである。……足軽どうしに敵味方はない。この見かけのいくさは雑草同然の人間群が編み出したあたらしい生活様式であつた。」

足軽（すなわちプロレタリアート）が戦火を煽り立てるのだから、「そのあひだに、堂塔亭館ぞくぞく焼け落ちて、都が荒野となつたのは必然のいきほひであつた。官人の第宅が立ちならぶから、そこが都なのではない。雑草同然の人間が隈なくはびこつて、わいわいがやがや、生活横暴をきはめるところがすなはち都である。この荒野の灰を浴びたとき、京都は揺らずも近代都市の骨法をえた。これを乱世といふか。いや、この乱世は人民がおのれの手足をもつてひらいたものだから、そこに文明のいとぐちを見たはうが事態にぴつたりするだらう。」（『夷斎遊戯』より）

＊

思えば、敗戦前後の東京の焼野原の風景は、わたしの目に、まことに清冽な抒情に息づいているかに見えた。あの時代をもう一度生きたいと考えるのは、もう一度青春を取りもどしたいと思うことなのであろうか。しばらく私小説的感慨にふけることを許していただきたい。

空襲がようやく頻繁になり出した昭和二十年の冬の頃、わたしは一夜、警備のため小石川の駕籠町の中学校で夜を明かし、翌朝、上富士前町から神明町の花柳界を通り抜けて、歩いて家に帰ってきたことがあった。一晩のうちに遊郭はすっかり焼けて、一面ぶすぶす燃えくすぶった黒々とした残骸の上に、前夜の雪がしっとり降りつもり、朝の光にきらきら輝いていた。その雪の白さが、不眠の目に痛いほど滲み、わたしはそのとき初めて、廃墟の美しさというものに瞠目したのである。十七歳であった。

昭和二十二年、わたしは旧制高校を卒業したが、大学の受験に落ちたので、小遣い稼ぎのために、ある雑誌社の編集部に勤めることになった。雑誌社は築地にあって、わたしは有楽町からてくてく歩いて通った。夏の炎天は、おそろしく暑かった。終戦後の一、二年は、どうしてあんなに暑い夏がつづいたのだろう。読売新聞社の横を通り、松屋の横を通り、昭和通りを突っ切り、橋を二つ渡って(今は、その橋のかかっていた川もない)、本願寺の前の大通りに出ると、その雑誌社はあった。焼け跡はまだあちこちに残っていて、ダンス・ホール「メリー・ゴールド」のダンサーたちの野球チームが、ユニホームを着て空き地で練習していた。

その頃、わたしはさる人妻と恋愛していて、一夜、浅草田原町の旅館に人目をしのんで泊った。停電の多い頃だった。朝になって、その安普請の旅館の窓から外を見ると、驚いたことに、旅館の裏手には、前夜少しも気づかなかった茫々たる焼け跡がつづいているのである。焚火の煙が、焼け跡特有の赤茶けた地面を這い、窓の下には三々五々、浮浪者が集まって、朝餉の仕度をしているらしいのである。何を炊いているのだろう、ブリキの罐から湯気が立ち昇っている。野良犬がそこらを走りまわっている。バラックのトタン屋根には、秋の霜がきらめいている。――それはまことに戦後の一時期を象徴するような、健康な、兇暴な、清冽な抒情的風景であって、この風景を記憶のなかに再現するたびに、わたしは実際、浮浪者たちに立ち混って、ブリキの罐に唇を押しあて、熱い雑炊をすすったかのような錯覚をすら抱くのである。当時わたしは十九歳であった。

東京が焦土の活力をふんだんに撒き散らしていたのは、昭和二十二、三年までであろう。その後の反動期とともに、あの焼け跡の抒情の輝きも徐々に消え失せた。「このへんをうろうろするやからはみなモラル上の瘋癲、生活上の兇徒と見えて、すでに昨日がなくまた明日もない。天はもとより怖れることを知らず、人を食ふことは目下金まうけの商売である。正朔の奉ずべきものがあたへられてゐないのだからけふはいつの幾日でもかまはず、律法の守るべきものをみとめないのだから取締規則は其筋でもあの筋でもくそを食らへの鼻息だが……」と石川淳氏が『焼跡のイエス』のなかに当時の模様を書いているが、このような健康なアナーキズムこそ、一切の可能性の芽を宿した劫初の混沌にも似た、新らしき出発のための豊かな土壌だったのである。

＊

戦後十八年、東京は今や、自分で自分の畸形的な成長を阻止することのできない、巨大な病める獣のようにふくれあがった。高速道路は皮膚の上に浮き出た血管のように曲りくねり、東京タワーは一本の触覚のように、グロテスクにぴんと突っ立っている。スモッグは、疲れた獣の発散する汗の蒸気のようだ。この獣は、内臓障害をも起しているらしく、毎日何百万という人間を胃の腑に呑みこみ、反吐のようにこれを止めどなく吐き出す。地下鉄工事は、腐った体内の病巣を摘出する切開手術のようだ。獣の排泄する汚穢は、東京湾を黄色く染める。ああ、この頽廃のアナーキズム！

先ごろ日本にやってきたニューヨークのガラクタ芸術家ジャン・ティンゲリー氏は、東京の地下鉄工事の騒音が自分には最も気に入った、と述べた。彼は皮肉を言っているのではない。皮肉なんか言えない野暮な芸術家、いやアンチ芸術家である。彼自身がやたらに騒音をまき散らす機械をつくっているのだ。ティンゲリー氏は心から、東京の騒音のエネルギーを愛しているにちがいない。

わたしだって、しかし、ティンゲリー氏の口真似をしてみたい誘惑に駆られることがないわけではない。地下鉄工事の騒音は、いわば東京のアナーキズムの健康な面だからである。許せば許せる面だからである。どうしても許せない面、不動の秩序として存在している東京の不健康な面は、べつにある。

それは何かといえば（これはもう半ば常識になっていることだが）宮城の存在である。宮城がなくならない限り、東京は本質的に江戸体制から少しも変らないのであって、千代田城の主が徳川の「将軍さま」から、藩閥政府のかつぎ出した「天皇さま」に変っただけのことにすぎないのだ。江戸体制に関する限り、明治維新は変革でも何でもなかった。

宮城を横目でにらみながら、お濠ばたにのろのろタクシーを走らせているときくらい、腹の立つことはないのである。

なにも宮城をぶっこわせと言っているのではない。明治のはじめに、多くの由緒ある歴史的建造物が破壊されたのに、江戸城が残ったのは慶賀すべきことではあった。問題は、天皇一家の住居としての宮城である。天皇には、静かな京都か北海道あたりに行って老後を送ってもらえばよろしい。オホーツク海には、まだ天皇が見たこともないような珍奇な海産動物が、うようよしているかもしれない。お望みならまた生物学の本を書いて、印税で暮らすもよし、あるだけの財産で、海産物問屋を経営するもよし……といったところである。さて、天皇一家の追放されたあとの宮城には、新らしい幹線道路を縦横無尽にぶっ通す。交通地獄は大幅に改善される。緑の多い城内は、一部を公園として残し、一部を住宅地に開放する。——まあ、このへんが、誰でも考えつく妥当なプランであろう。
もっとも、わたしの頭のなかには、宮城の利用法に関する、より一層過激な空想的プランが渦巻いている。しかし、これを紙上に発表するとなると、右翼になぐりこみをかけられる懼れが多分にあるので、今回は見合わせておくことにしよう。

＊

東京の都市計画の乱脈さを歎き、その収拾しがたい混乱の改善策をあれこれ吟味する態度と、東京に住む一市民として、そのままのすがたの東京を受け容れ、これを愛して行こうとする態度とは、決して両立しがたいものではないと思う。日本の文化全般が混乱しているからといって、臨床医的な態度でこれに対するばかりが、われわれの本来の姿勢ではあるまい。

文化の混乱は、必らずしも悲観的な態度でのみ、これを眺めるべきではないのであって、植民地的な、軽薄な、矛盾撞着した、未整理のエネルギーのなかからこそ、却って新らしい文化の誕生は期待し得るとさえ言えるのである。生まれつつある文化の母胎は、おそらく、軽薄であり、植民地的であり、矛盾撞着してもいよう。文化の混乱は、ともすると国民の受容力の大きさなのである。わたしが前に、東京という気違いじみた都会を必らずしも一途に呪っているわけではない、と書いたのも、この意味からである。

技術は発展する宿命をもっている。科学は進歩する宿命をもっている。ところで、この進歩発展を、せまい意味での政治的進歩思想と結びつけるのは、申すまでもなく危険である。そうは問屋がおろさないだろう。当り前な話であるが、東京都民の幸福と、技術の発展とはストレートに結びつかないし、やたらに東京都改造の空想的プランを振りまわしても、現在の都行政の制度では、誰のために金をつかっているのか分らないという結果になることは、自明である。道路をつくるのも、ビルを建てるのも、利権屋と大企業だけが関知することだからである。そういう見地からすれば、東京都改造の問題は、まず第一に、社会体制の問題として見るべきであろう。しかし、それでは話があまりに大きくなりすぎてしまうし、原則論的・図式的になりすぎてしまう。

たとえば、独裁者ムッソリーニの唯一の善政は、立派な自動車道路を残したことだった、というような見解がある。しかし、わたしたちはこんな抽象的な議論を軽々しく信じるわけには行かない。たとえ現在のイタリア人が、いかにこの道路の恩恵を蒙っているにしたところで、わたしたちは、この道路の建設のために当時のイタリア民衆の（直接あるいは間接に）支払わねばならなかった大きな犠牲を、決して忘れることができないからである。独裁者の強大な権力でありさえすれば、都市改造計画など易々たるものであろう。しかし、利権にありつくことのできない民衆は、つねに不安の目をもって都市改造計画を眺めるだろう。どこかで自分たちに皺寄せがくるにきまっているからである。民衆が便利になったところで、この民衆の「便利」は、必らずしも民衆の「幸福」と一致しないし、むしろ相反することさえあり得るのだということを、この際はっきりさせておかねばならない。だから、わたしなどのような人間でも、すべての都市改造プランに、一応、疑いの目を向けないわけには行かない。底にあるのはすべて、わたしたちの窺い知ることを許されない政治機構であり、経済機構であるからだ。人民はいつも疑いぶかいのである。

心情的には、わたしはむしろ東京都破壊プランに、積極的に参加したいくらいのものである。わたしのように、住むべき自分の家さえもっていない人間は、この破壊プランによって脅やかされるものが何ひとつないからである。全都を一度焦土とし、その上で、徹底的に新らしい改造プランを練るという、全面否定の清算主義こそ、この東京都の怪物的なアナーキズムに、最もふさわしいものであると言えるかもしれない。そして、それには当然のことながら、社会体制の根本的な変化が伴なうであろう。一切か無か、である。修正主義や改良主義は、気にくわない。壊滅の灰よ、われらの頭上に降ってこい！

「灰は先年の大いくさでもうたくさんだといふか」と石川淳氏は畳みかけていう。これはわたしの議論の論拠にもなりそうだから、ちょっと引用させていただく。「しかし、かの大いくさは人民がみづから欲しみづから求めてぶつぱなした事件ではなかつた。なにやつかの奸計に依つて撒きちらされた灰のあとから、足軽がわらわらと焼跡にあらはれて、ろくな拾ひ首もないのに、おのれの手柄顔に駆けまはつたもののやうである。それは応仁の乱の灰とは品物がちがつてゐた。したがつて、灰に対して庭をきづいたのに相当するやうな、みごとなあそびはまだ発明されるに至らない。人民がたまにはわが手で乱をおこしてみることは、文明上の効果からいつて、まんざら毛ぎらひしたものでもなささうである。」（『夷斎遊戯』より。傍点筆者）ここで石川淳氏のいう「みごとなあそび」とは、もちろん、飲み屋横丁でもない、ドヤ街でもない、団地アパートでもない、文化住宅と称するひよわなモダニズムの早産児でもない、ブルジヨア風邸宅でもない、要するに、「まだ発明されるに至らない」新らしい文明の骨法にかなつた、人間の棲み家のことである。

しらける余裕など

中学（旧制）に入学したのが昭和十六年、中学を四年で卒業して高校（これも旧制）へ入ったのが昭和二十年だったから、私の中学時代は、太平洋戦争の時期とぴったり重なっていたことになる。

中学時代はほとんど勉強せず、毎日、勤労動員令で工場に通って、真っ黒になって働いていた。カーキ色の制服を着て、ゲートルを巻いていたが、靴がないので、下駄をはいていた。女の子と口をきいたことなど、一度もなかった。

敗戦の年が私の満十七歳であるから、私の二十歳は、正確にいえば昭和二十三年ということになる。さしあたって、敗戦前後の話をしよう。

敗戦と同時に、がらりと世の中が変ってしまったのである。私たちの高校の同級生には、復員してきた特攻隊の若者もいた。彼らは、いわば死の国からもどってきたオルフォイスだった。彼らのなかには、飛行服で学校へくる者もあり、飛行服は、いわば輝やかしい死のしるしだった。

奇妙にやけっぱちな雰囲気がみちみちていて、私たちはそれぞれ、いっぱしの小さなニヒリスト気どりであったが、「しらけた」などと、甘ったれたことをいう者はひとりもいなかった。

私たちは、二、三年後に戦争で死ぬべきはずだったのが、奇妙な運命のいたずらによって、生き残ってしまったのである。これを喜ぶべきか悲しむべきか、私たちには、よく解らないようなところがあった。それでも、しらけている余裕はなかったように思う。

それまで戦時中の禁欲的な生活に慣れていた私たちの目の前に、ジャズ、ダンス、映画、ストリップ、酒、女、共産主義、書物、その他ありとあらゆるものが、わーっと押し寄せてきた。物質的には、現在と比較にならぬほど乏しかったが、精神的には、手にあまる文化的アナーキーの波間に揉まれ、これに押し流されていた。食うものも満足に食わずに、私たちはダンスをならい、ショウチュウを飲み、本を読んだ。闇屋になって、荒稼ぎする者もあった。それぞれみんな忙しくて、たぶん、しらけている余裕がなかったのであろう。

私たちにとって、若いということは何より恥ずべきことだった。自分たちを「若者」だなどとは思いたくなかった。早くオトナになるために、私たちは無理をして酒を飲み、タバコを吸い、赤線に通い、本を読んだ。一刻も早く童貞を捨てなければならない、と私たちは固定観念のように考え、そして、その通りに実行したのである。

私は今でも、「若者」とか「ヤング」とかいった言葉を聞くと、鳥肌が立つような不快感をおぼえる。世間がそういう言葉を使うのならまだしも、若いひと自身が、自分たちを「若者」とか「ヤング」とか称しているのを耳にすると、こいつら、少し頭が弱いんじゃないか、と思いたくなる。その甘ったれた心理が、どうにも理解できないのである。

お断わりしておくが、私は何も、あくせくオトナになろうと努力したり、知的虚栄心のために本を読んだりすることが、良いことだと主張しているわけでは決してない。それどころか、いま思い返してみても、私たちの生き方は、つくづく余裕のない生き方だったと思わざるを得ないのである。

私たちの同年代で、ギターをひく人間などはひとりもいないし、車の運転のできる者も、まあ少数と考えて差支えないだろう。

それも道理で、私たちが二十歳のころ、まだ私たちの目の前には、ギターも車も存在しなかったのであり、さらにいうならば、テレビもステレオも、劇画も週刊誌も存在していなかったのである。存在していないものを、楽しむわけにはいかなかっただけの話なのである。

しかし、ひるがえって考えてみるならば、私たちはいつも、存在していないものを楽しもうと夢みていたのではなかったろうか。そのために、何かの目標に向って努力していたのではなかったろうか。もう一度いうが、私たちには、しらけている余裕などはなかったのである。

みずからを語らず

評判の『高見順日記』を読んでいると、いろんなことを考えさせられる。うつろいやすい事実の記録、文字による永遠化ということは、人間の執念なのだろうか。

高見順という人間の内面の記録、感情の吐露などは、わたしには大しておもしろくもない。おもしろいのは、あくまでも昭和二十年という歴史的な大事件のあった年の、いろんな事実（風俗をふくめて）の記録なのである。それは、微妙に作用して、わたし自身のセンチメンタリズムに強く訴える。

じつは、わたしも中学二年（昭和十七年）の夏休みから、旧制高等学校二年（昭和二十一年）のある時期まで、えんえん五年間にわたって、一日も欠かさず、日記を書き溜めていたことがあった。当時は、ろくなノート・ブックもなかったから、小さな手帳に、こまかな字でびっしり書いた。五冊ばかりになっていたかと思う。東京で戦災を受けたときも、持ち出して避難した。それが現在では、日記帳は残っていない。あるとき、翻然として日記を書くことをやめたのである。戦後十年間ほど、五冊ばかりの小さな日記帳は、わたしの机の引き出しのなかで、所在なげにごろごろしていた。その後、ふたたび思うところあって、わたしは日記帳を残らず焼いてしまった。

今では、まことに惜しいことをしたと思っている。なぜ日記をつけることをやめたのか。なぜ日記帳を焼いてしまわねばならなかったのか。——その理由も、むろん、わたし自身にはよく分っている。

わたしは、自分自身を鞭打つ気持だったのである。——「過去に拘泥するな」「人間的な感情を締め出せ」「フィクションのみが真実なのだ」「あらゆる意味でのセンチメンタリズムを排せ」「お前自身の人間的内容を空っぽにせよ」——これが、わたしの二十代の至上命令だったのである。この至上命令を忠実に守るために、日記をつけるということは、有害な行為だったのである。文字による過去の真実の集積すら焼いてしまうことが望ましかったのである。

今では、必ずしもそうは思っていない。だから残念なことをした、といささか悔やんでいるのである。

余談だが、わたしは何人かの女性と取り交わした手紙、写真の類も、ことごとく灰にしてしまった。当時は精神衛生上、これが必要だったわけだが、今にして思えば、やはり短慮というべきであったかもしれない。

青春の特質は、人生を一刀両断してしまうことかもしれない。何ごとにも余裕がなくて、目を方々へ走らせることができない。いわゆる助平根性がなさすぎるのだ。

三十代のわたしには、いろんな助平根性がある。過度にセンチメンタリズムを警戒するような、病的な潔癖さもすでに薄らいだ。

現在、もしわたしの戦争中の五年間の日記がそっくり残っていたら、やがていつか、わたしが自伝的大長篇小説を書こうとする場合、それはどんな貴重な資料となることであろう、——こんなことも、ときたま、考えないわけにはいかない。

しかし、こう書きながらも、わたしは、心のなかで次のように自分に言い聞かせることを決して忘れない、「あれでよかったのだ。個人の実生活などということに、いったい、なにほどの意味があるのだ。真に存在しているのは、悪魔と技術に身を捧げた人間の作品だけだ。それだけだ……」と。

随筆などと称して、くそおもしろくもない自分の私生活をだらだらと公開するような手合いに、わたしは、いつも居たたまれない羞恥を感じる。それはちょうど、友達の家に遊びに行って、子供の自慢話を聞かされたり、家族のアルバムを見せられたりする時におぼえる不快の感情と、軌を一にしている。随筆と称する日本特有の奇怪なジャンルは、わたしの最も嫌悪するところの形式である。(もっとも、中世の隠者文学としての随筆は、現代の文化人諸氏が原稿料稼ぎのために書きなぐる、水ぶくれのような、厚顔無恥なストリップまがいの随筆とは、おのずから趣きを異にしていた。)

文章というものは、芸によって読ませるべきものだと固く信じているわたしには、ボオドレエルのいわゆる「赤裸の心」などというものも、軽々に信用することはできない。

「誰でも、人をおもしろがらせることができるのであれば、自分について語る権利がある」とボオドレエルは言ったが、その通りにちがいなかろう。人をおもしろがらせるだけの自信がないのに、自分について語る必要は毫もない。文章でなく、材料で人をおもしろがらせようとは、あさましい根性である。誰もお前さんに興味など持ってやしないよ、いい加減にしてくれ、と言いたくなるではないか。このわたしの随筆にしたって、同じことである。

終戦後三年目……

吉行淳之介

戦後間もない昭和二十三年、旧制高校を卒業したばかりの、まだ二十歳にも満たない青臭い私を、新橋界隈の焼跡に並び立つバラックの飲み屋に、初めて連れて行ってカストリなるものを飲ませてくれたのは、今は亡き姫田嘉男氏であった。御存知ない方も多いと思うが、この人、秘田余四郎なる筆名で、「望郷」とか「天井桟敷の人々」とかいった、戦前戦後の数々のフランス映画のスーパーインポーズを手がけ、かたわらヤクザ小説にも筆を染めて、戦時中、直木賞候補に推されたこともある。高見順の親友で、銀座の顔役で、親分肌の豪放な人物であった。同じ鎌倉の近くに住んでいた、この姫田氏の紹介で、大学の試験に落ちた私は、当座の小遣い稼ぎのために、「モダン日本」という出版社に勤めることに相成ったのである。

さて、初めて「モダン日本」の編集室に入って行くと、髪の毛を額の上にぱさっと垂らした青年が、ジャンパーを着て机の前に坐っていた。それが吉行さんで、私はそれから約一年間、この吉行編集長のもとで娯楽雑誌の編集をすることになったのである。

会社は築地の本願寺の通りにあって、有楽町の駅からてくてく歩いて行くと、当時は橋を二つ渡らねばならないわけだった。ダンス・ホール「メリーゴールド」のダンサーたちが、ビルの谷間の空き地で、黄色い声をはりあげて、ユニフォーム姿で野球をしているのを、会社へ行く途中に私はしばしば眺めた記憶がある。何とも懐かしい、戦後の雰囲気の濃厚に残っていた時代であった。

たった一年間の短かい期間ながら、この昭和二十三、四年の雑誌社勤めは、若い私にとって、じつに貴重な経験だったと思っている。吉行さんも若かったが、二十四歳という年齢の割には老成していて、いっぱしの編集長ぶりには瞠目すべきものがあった。会社では努めて文学の話を避けていたが、これも彼一流のストイシズム、あるいはダンディズムといったようなものだったのだろう。当時、彼は東大英文科に籍があったのに、二度と大学にもどる気はないようだった。

それでも夜、仕事がすんで、新橋や有楽町の飲み屋で焼酎のコップを傾ける時には、私たちもよく文学の話をしたものだ。私たちというと、二人だけのように聞えるかもしれないが、元華族の御曹子のT君というのがいて、三人でよく飲み歩いた。

私の記憶違いでなければ、ポール・モーランやシュペルヴィエルを読んでごらんなさい、と吉行氏に勧めたのは私（むろん、現在の私は、そんなモダニズム作家に大して興味はないが）である。吉行さんは梶井基次郎、牧野信一、チェホフ、ゴーゴリ、シュニッツラー、モーパッサン（いずれも短編作家だ）などに凝っていて、それまで私のあまり気に留めなかった、細かい心理や情緒のニュアンスを小説のなかで楽しんでいるように見えた。私は吉行さんの話を聞いて、もう一度、これらの作家を熟読してみようという気になったものである。当時出たばかりの島尾敏雄の『単独旅行者』も、彼に勧められて読んだ懐かしい本の一つである。

しかし文学談よりも、三人のなかでいちばん先輩が吉行さんだったのだから、私たちは女の話やエロ話の方に、もっと興じたのではなかったろうか。雑誌の埋め草のために、私たちはフランス風の小噺を競って幾つも創作した。むろん、今日の中間雑誌の色ページにくらべれば、はるかに知的で上品なものである。その頃はまだ吉行さんも赤線に足繁く通ってはいなかったし、べつに素人の女をタブーとしてもいなかったようで、「おい、ゆうべ、面白い女と旅館へ行ったぞ」などと声をひそめて言う時があった。彼の『紳士放浪記』などを参照されたい。

同じ会社の三十がらみの独身男が、癇癪を起して甲高い声を出したりすると、「あれは男のヒステリーだな。ときどき発散しないから、ああなるんだ」と吉行さんは吐き出すように言うのである。彼自身はごく若いうちから結婚しているので、これにはいささか自己弁護の気味合いが見えないこともなかったが、総じて、心理学的ないし生理学的な人間解釈の原則は、すでに彼の内部に、厳として確立されているかのごとくであった。それは性来の潔癖とも一脈通じるもので、私は、彼が図々しい人間や、他人の気持を忖度しない人間を、ぴしゃりと拒否するところを何度も見たように思う。

私の瞼の裏に焼きついている、若き日の吉行さんの酩酊した姿の一つは、さる有楽町の二階の飲み屋の入口から下の道路へ通じる、木造の階段の手すりに、いきなり彼がうしろ向きに跨がって、子供がよくやるように、するすると下へすべり降り、呆気にとられて見ている私を尻目に、ぽんと地面に跳びおりると、「どうだ、うまいだろう、きみもやってみろよ」と言うような笑顔を浮かべて、上にいる私を見上げた時のそれである。『悪い夏』とか『夏の休暇』に出てくる一郎少年もかくやとばかりの、その酔った屈託のない吉行さんの所作は、何かひどく爽快で、あえて言えば無邪気で、いい感じのものだった。私は、ひょっとすると吉行文学の原点がここにあるような気もするのである。

もちろん御当人はお忘れだろうが、人間というものは、不思議な一瞬の好ましい印象を、永く記憶しているものである。

「ああモッタイない」

いまから考えてみると、昭和二十三年（一九四八年）という年は、私にとって意味ふかい年だったと思う。

私がサラリーマン生活をしたのは、あとにもさきにも、昭和二十三年から二十四年にかけての一年間きりだからだ。それだけでも破天荒なことであるのに、その勤め先でたまたま吉行淳之介という人物に出遭ったのだから、ますますもって、昭和二十三年は私にとって、あだやおろそかにはできなくなってくる。一つの転機といってもいいかもしれない。あるいはまた、二十歳の私が一つのイニシエーションを受けたのだと思えばよいかもしれない。ちと大げさかな。

そもそも昭和二十三年とは、いかなる年だったろうか。この文章を読まれる方々のなかには、おそらく、まだ昭和二十三年には生まれていなかったというひとも多いのではないかと思うので、ちょっと私が私なりに説明しておこう。

私が勤務していた雑誌社は築地にあったので、会社の行き帰りなどに私はよく銀座をぶらぶらしたものだが、あるとき、数寄屋橋わきの川に面した小公園で、異様な光景にぶつかって瞠目したことがあった。北村サヨを中心とする踊る宗教の連中で、十数名がいずれも目を閉じ、夢みるような表情でパフォーマンスを演じていた。つまり、こんなのが昭和二十三年である。

もう一つだけ例をあげよう。当時は極端に娯楽が少なかったので、敗戦このかた社交ダンスが猖獗をきわめ、さあ、いったい銀座にいくつダンスホールがあったろうか。そのなかの一つ、メリーゴールドというのは、たしか尾張町から築地寄りにあったホールだと思うが、そこのダンサーたちがユニフォームを着て、ビルの谷間の空き地で（銀座に空き地があったのだ！）よく野球をやっているのを私は目撃したものである。つまり、こんなのが昭和二十三年だと思えばよい。

三面記事的にいえば、昭和二十三年は帝銀事件、太宰治の情死事件、上野公園における男娼たちの警視総監殴打事件（唐十郎が芝居にした）、そして昭和電工疑獄事件の年でもあった。

雑誌社は新太陽社という会社で、私が入社したときは「モダン日本」と「アンサーズ」という二種類の娯楽雑誌、それに「文芸首都」という文芸雑誌を出していた。吉行さんは、奥付に名前が出たり出なかったりしていたが、この「アンサーズ」の実質上の編集長であった。

「アンサーズ」はのちに「特集読物」と改題する。会社が左前になってくるにつれて、この「特集読物」は次第に講談雑誌風な色調を強め、やがて吉行編集長を「モダン日本」に配置転換し、かわりに真野律太という人物をひっぱってきて、実質上の編集長とする。私は吉行、真野二代の編集長のもとに「特集読物」編集部員として勤務したわけだが、いよいよ会社が左前になってきたので、昭和二十四年にいたって退社した。もはや御存命ではあるまいと思うが、この真野律太というひと、博文館以来の古手の編集者として一部には顔の売れた人物であることを、私はずっと後年になって知った。「モダン日本」は表紙を東郷青児が描いていたから、よく会社に、精悍な顔をした東郷がふらりとやってきたのを私はおぼえている。なんの用があったのか、一度だけ小林秀雄がきたこともあった。田中英光がきたこともあった。いつも編集部で油を売っていたのは、写真家の林忠彦だった。しかしまあ、こんなことを書いていたら切りがないから、もうやめよう。

私の手もとに、昭和二十三年六月号の「アンサーズ」が一冊だけ残っている。ぺらぺらの仙花紙で、六十四ページの薄っぺらなものだが、表紙は河野鷹思で、なかなか洒落ている。「特集・青春バラエティ」と銘打ってあって、目次をひらくと、丸木砂土、渡辺紳一郎、澁澤秀雄、山口広、松井翠声、徳川夢声、坂西志保、宮田重雄なんかが執筆している。この号の編集後記は、無署名だが、まぎれもなく吉行淳之介のもので、私はこれを次に引用したいという誘惑に抗することができない。吉行さんにとっては迷惑かもしれないが、どっちみち、ふざけた軽い文章なんだから、沽券にかかわるというほどのものでもあるまい。

「恋するも、恋されるもそのキッカケはすべてこれ偶然のたまものでありまして、この偶然といふのはまことに曲物でありますからよくよく御注意なされるがよろしい。といふことを、この青春バラエティ特集の後記において申上げます。

些細な例が、先日ある街で眉目美はしい女性があまりいただけないアンチャンとアベックで歩いてゐまして、私は彼女等を追越すときに思はず『ああモッタイない』といふ言葉を口のなかに洩らしました。ところがその瞬間に洩れきこえた彼女等の会話の声は、『それはモッタイないワ』といふ女の声でありました。じつに、私の言葉と彼女の言葉との発音されたのはまつたく同時であつたのです。

これはおどろいた、こんなことはいつたい何日に一回くらゐあることだらう、と計算をはじめまして、第一に、モッタイないといふ言葉を口にするのは、せいぜい一週間に一回、モッタイないやうなアベックを見かけるのは一ケ月に一回、それから……云々云々、と宝クジにでも当つたやうに考へてゐるうちに、とうとう頭が痛くなつてしまつたのでありました。

偶然の、人を悩ますこと、かくのごとし。」

もちろん、これは娯楽雑誌の編集後記だから、御当人もそのつもりでちゃらんぽらんを書いているわけであろうが、ここに、後年の吉行文学の一つの特徴ともいうべき、あの人間関係におけるシニカルなデタッチメントといったような調子を読みとることはできないであろうか。

この文章、もともとは恋愛なんか関係なく、ただ偶然ということを問題にしているにすぎないのだが、なにやら分ったような分らないような人間関係をこれにダブらせて、故意に文旨を曖昧にしているところが私にはおもしろいのである。

これを書いた吉行さんは、そのころ二十四歳の青年だったはずである。それを考えれば「ああモッタイない」には切実なひびきがあるのだが、偶然に発せられた女の声によって、その切実なひびきは、ただちに無効にされ、なにやら滑稽なものと化してしまう。その手つづき、いかにも吉行さんらしいデタッチメントの手つづきが、おもしろいといえば読者には分っていただけるだろうか。

とにかく、うまい文章である。どこがどうということもないが、うまい文章である。

久生十蘭のこと

戦後の雰囲気のまだ消えやらぬ昭和二十三年、当時二十歳の私は、雑誌「モダン日本」の編集者として、多くの作家や画家や漫画家と会う機会を有したが、そのなかでも最も強烈な印象を私にあたえたのが、今は亡き久生十蘭であった。

最近、喜ばしいことに、十蘭のファンは一部に根強く固定したように思われるので、私が戦後の十蘭に親しく接した人間のひとりとして、その個人的な思い出をここに書きとめておくのも、あながち意味のないことではあるまいと思うのだ。

最初に会ったのは、吉行淳之介も『久生十蘭全集』の月報に書いているが、たぶん、久生家の引越しの手伝いに行った時ではなかったかと思う。戦争中、千葉県の銚子に疎開していた十蘭は、二十三年の秋ごろになって、ようやく鎌倉の材木座に一軒の家を見つけてもらい、奥さんとともに、そこに移ってきたのである。

当時は、まだ段ボールの箱などというものはなかったので、私たちが肩にかついでトラックから下ろしたのは、すべて書物のぎっしりつまったミカン箱であった。数えきれないミカン箱は、縁側に累々と積まれた。

夜になって、私たちは座敷へ請じ入れられ、奥さんの手で酒肴を供された。まだ若かった久生夫人は、ちょっと受け口のような口もとに特徴のある、チャーミングな気さくな女性であった。子供のない十蘭が、この甲斐甲斐しく立ち働く健気な女性をこよなく信頼し、可愛がっているらしいことは、若輩の私にもすぐ読みとれた。

石川淳が奥さんを家来と呼ぶのは有名な話であるが、十蘭は久生夫人を「おい、従卒」と呼んだ。一方、彼女は私たちに向って、「十蘭がこう言っています」とか、「十蘭に申し伝えておきます」とかいった言い方をした。

我がままで偏窟で孤独な作家と噂される久生十蘭に、こういう良き伴侶がいることを、若年の私は、何か眩しいものでも見るように眺めていたような気がする。

その夜、酩酊した十蘭が饒舌になり、私たちを前にして語ったことのなかで、はっきり記憶に残っているエピソードが二つある。それを次にお伝えしよう。

「オマンという言葉はね、日本語でも女性性器を意味するが、じつは、これは世界共通語なんだ」と十蘭は得意そうに言った、「アラビア語でもヘブライ語でも同じだよ。フランス語でも、似たような言葉があるよ」

私が「へえー」と感心していると、そばで久生夫人は、可笑しそうにくすくす笑っているのだった。いま考えると、おそらく、これは十蘭一流のミスティフィカシオン、法螺であったにちがいない。その後、私は古今東西のエロティック文学をずいぶん読み散らかしてきたけれども、そんな珍妙な言葉には、まだ一度もお目にかかったためしがないからである。十蘭は、若い私たちをからかって、ひとりで面白がっていたのにちがいないのである。

もう一つのエピソードというのは、次のようなものだった。

「役者の演技というものはね、リアリズムでは駄目なんだ」と十蘭は断定的に言った、「誇張しなければいけないんだよ。たとえば歌舞伎で酒を飲むときには……」と言って十蘭は、やおら持っていた杯を押し頂くようにして、両手を徐々に頭の上まで持ってゆき、ついに杯を完全に頭にかぶるような恰好をして、「こんな風にしてね、杯を頭にかぶってしまわなければいけないんだ。そうしなければ、三階の大向うから眺めているお客さんには、酒を飲んでいるようには見えないんだよ」

和服を着た十蘭は、どっかり胡坐をかいたまま、何度も杯を頭にかぶるような仕草をして見せるのだった。

私は当時から鎌倉に住んでいたので、社から命ぜられて、材木座の十蘭の家まで、出勤の途上、よく原稿をもらいに行ったことがある。

ある朝、こうして私が十蘭の家を訪問すると、どてらを着て出てきた十蘭は、「やあ」と敬礼するように片手をあげて、「まあ、あがりたまえ」と言う。そうして奥さんに命じて、ビールとコップを持ってこさせ、私の前に、なみなみとビールを注いだコップを差し出すのである。

「先生は……」と私が戸惑って言いかけると、

「いや、ぼくは飲まないんだ」と言う。

私がコップを飲みほすと、奥さんがまた注ぐ。奥さんにお酌をさせた形で、とうとう私は一本あけてしまった。朝食抜きで家を出てきた私は、空っぽの胃袋にビールを一本流しこんだせいで、頬が火照り、何だかふらふらしたような気分になった。

すると、普段は無表情の十蘭がにやにや笑って、引導を渡すように、「じつは原稿はまだ出来ていないんだ。また明日、きてくれたまえ」と言った。

私はふらふらしながら立ちあがり、毒気を抜かれたような塩梅で、挨拶もそこそこに、久生家を辞去せざるを得なかった。たぶん、私が帰ってから、十蘭は奥さんと二人で、してやったりとばかり、大笑いしていたのではないだろうか。

十蘭は昭和三十二年、五十五歳の働き盛りで惜しくも世を去ったが、私が最後に彼に会ったのは、たしか昭和三十年ごろだったと思う。

それまでの私の印象では、十蘭はスマートな痩身で、薄くすぼめた唇に特徴があり、眼には刺すような鋭さがあったのに、どういうわけか、最後に会った時には、それらの印象ががらりと変っていた。

　そのとき、鎌倉の駅前のロータリー（いまはない）のベンチに、誰かを待っていたのであろうか、たったひとりで腰かけていた着流しの十蘭は、前とくらべて体軀がやや肥満し、頭髪がやや薄くなり、色もやや黒くなったような感じで、何やら比叡山の悪僧めいた風貌になっていたのである。

　私は近づいて挨拶した。ちょうどそのころ、私はコクトーの翻訳を出して、十蘭にも一部献呈していたところだったので、話題がコクトーのことになった。

「ぼくのところに、コクトーの『ヴォワ・ユメーン』という戯曲の本があるよ」と十蘭は相変らずの早口で言った、「今度きたら貸してやるから、持って行きたまえ」

「ああ、『人間の声』というやつですか。それならぼくも持ってます。あれには東郷青児の翻訳がありますね」と私は何の気なしに言った。

　すると十蘭は嚙んで吐き出すように、

「東郷？　あんなやつにフランス語ができるもんか」

　それっきり、二度と会う機会もないまま、久生十蘭は癌で死んでしまった。スラックスをはいて鎌倉の街を歩いている未亡人を、私は遠くから二、三度、見かけたことがある。それもすでに十数年前のことだ。

アルバイト

私が朝日新聞と最初に係わり合ったのは、昭和二十五年の六月である。記事を書いたのではない。当時大学の一年生だった私は、アルバイトで選挙速報を手伝ったのである。第二回の参議院議員選挙であった。

新橋駅の烏森口前の広場にやぐらを組んで、野球のスコアボードみたいな表示板をぶっ建て、ずらりと並んだ候補者の名前の下に、電話で情報がはいるたびに、得票数を示す紙を貼る。得票数がふえると、紙の上にまた紙を貼る。その仕事をやったわけだ。ずいぶん原始的な方法で、まさか今ではこんなことをやってはいまいと思うが、どうだろうか。

私がやぐらの下で電話番をしていると、マッカーサーが共産党中央委員二十四人の公職追放を指令したというニュースがはいった。たまたま参議院選挙に当選したばかりのタカクラ・テル氏も、追放されることになった。そのときタカクラ氏が発表した談話は、「当選したとたんに追放されるとは、なんというドラマティックなことだろう」といったような皮肉な内容のものだった。

どうしてこんなことをよくおぼえているのかというと、このニュースを私自身が拡声器で新橋駅前の広場に流したからである。

このとき追放された二十四人のなかには、もちろん、あの伊藤律氏もいた。

私は朝日新聞からささやかなアルバイト料をもらうと、その日、烏森の飲み屋で、たちまちぜんぶ使ってしまった。

校正について

かつて岩波書店で社外の校正係をやっていたことがあるので、校正に関しては私はベテランのつもりであり、近ごろの編集者の校正の下手さ加減が目について仕方がない。

「校正の神様」として有名なのは神代種亮であるが、アルバイトがなくて貧乏している若い私に岩波書店の校正の仕事を世話してくれたのは、これも「校正の神様」といわれた西島九州男氏であった。

西島さんは昭和五十五年に八十六歳で亡くなられたが、麦南という俳号のある蛇笏門下の俳人でもあり、岩波では約四十年間にわたって校正を担当、漱石や露伴や龍之介の大著をほとんど手がけたという。

私が知り合ったころ、すでに六十をすぎていた西島さんは、小柄だけれども姿勢がよく、いつも口をへの字にむすんでいて、その口をひらけば必ず辛辣なことばが飛び出した。煮ても焼いても食えない老人だったが、いかにも明治人らしい理想主義の背骨がぴんと通っていて、おもしろいひとだった。

それはともかく、校正というのは独特な注意力の持続を要求する仕事で、生来それに向いていないひとは、いくら努力をしてもダメだと思ったほうがよさそうである。編集者としてきわめて有能なひとでも、校正だけはからきしダメというひとがいる。

私もかつては校正者として他人の本の校正をしていたものだが、いまでは著者として自分の本の校正をしてもらう側の人間になってしまった。だから校正者の気持もよく分るつもりなのだが、やはり腹が立つときは腹が立つものである。

近ごろの校正者の通弊として、私がもっとも困ったものだと思うのは、やたらに字句の統一ということを気にする点である。これは画一的な学校教育や受験勉強の影響ではないか、などと考えてしまうほどだ。「生む」と書こうが「産む」と書こうが、どっちでもいいのである。その場合に応じて、両方を使い分けても一向に差支えないのである。

それからまた、すべてを広辞苑に基づいて判断するというのも、困った傾向である。私が「膝まづく」と書くと、「跪く」ではないかと疑問符を付されることが多い。広辞苑には「跪く」しか出ていないからだ。

「渇を癒す」と書くと、「渇き」ではないかと指摘されることがある。これは「カツをいやす」と読むのである。「カワキ」ではないのである。そのくらい、おぼえてほしいものだ。

家

城山三郎氏の澁澤榮一伝『雄気堂々』に出てくる、あから顔で鼻の高い、澁澤一族の本家の宗助という男が、何をかくそう、私の曾祖父である。私はあから顔ではなく、色は極端に白いほうなので、どうやら鼻の高いところだけが遺伝したのであろう。

城山氏の伝記は澁澤榮一を中心としたものなので、榮一を引き立たせるために、いくらか宗助を悪役に仕立てているようなところがなくもない。もっぱら頑固で旧弊な老人ということになっているのだ。この点について、私は城山氏に文句をつけるつもりは毛頭ない。たしかに、そういう面もあったであろう。榮一とくらべれば、そもそも人物のスケールが違うのは明らかである。

ただ、この宗助という男にも、べつの面で、おもしろいところがあったらしい。

たぶん御一新のずっと前だと思うが、宗助は京都からはるばる二、三人のお公卿さんを呼んで、埼玉県の血洗島の片田舎で、蹴鞠の会を催したことがあったという。近所近辺の百姓たちが、さぞや目を丸くして驚いたことであろう。ちょうど連歌や俳諧の宗匠が地方の素封家の邸を泊り歩くように、京都のお公卿さんたちも、招かれて喜んで歓待を受けにきたのではなかったろうか。

原勝郎の名著『東山時代に於ける一縉紳の生活』には、当時の公卿が、手許不如意になると遍歴をはじめて、地方へはるばると蹴鞠の出稽古をしに行ったということが述べられている。しかし宗助の時代は東山時代ではなく、少なくとも江戸の末期であったはずである。「上州長脇差《ながどす》」と言われるような、群馬に近い荒っぽい気風の土地柄で、蹴鞠の会はどう考えても似合わしくない。

このエピソードは、いかにも田舎の金持のスノビズムを思わせるが、蹴鞠のイメージがあまりにも古めかしく時代錯誤的なので、厭味を通り越して、むしろ滑稽で馬鹿馬鹿しいものをさえ感じさせる。天下を論じ国事を憂え、ひそかに攘夷討幕の計画を語る若い志士たち、澁澤榮一や喜作にとっては、何とも言いようがないほど馬鹿馬鹿しく思われたにちがいない。しかし私には、その馬鹿馬鹿しいところがおもしろい。これこそ何の役にも立たない最も純粋な遊び、最も純粋な道楽だろうと思われるからだ。

宗助には頑固で旧弊なところだけでなく、機を見るに敏な、抜け目のないところもあったようで、城山氏の作品にも書かれている通り、御一新後の横浜で最初に生糸問屋をひらいたのは彼だったのである。横浜の草分けというべきであろう。一時は長者番付に名前が出るほど、彼はここで大もうけをしたという。

この財産を一代ですっからかんに蕩尽してしまったのが、宗助の次の代の宗助、すなわち私の祖父である。「東の家」と呼ばれた澁澤家では、明治まで代々、当主が宗助を名のることになっていた。

東京や横浜に別宅をかまえ、血洗島の本宅にはめったに寄りつかず、女道楽や相撲道楽に明け暮れていた極楽蜻蛉の祖父だったから、私の祖母は大へんな苦労をしたらしい。財産が傾いてくると、執達吏が差押えの封印をした簞笥の裏から板をはがして、なかの衣類を取り出したりしたこともあったという。こうして五人の子供を育て、東京の大学へやっているうち、土地も邸も、書画骨董も刀剣も、ことごとく人手に渡ってしまった。

それでも昭和三十一年まで、まだ血洗島に馬鹿でかい家が残っていて、元治元年生まれの祖母は九十歳近くで死ぬまで、この家を一歩も離れなかった。それは女の意地だったにちがいない。家が大きいので、「東の家」は別名、大澁澤とも呼ばれていた。庭には、かつて澁澤家の土地だったという上毛の妙義山を模した築山があった。

血洗島というのは、高崎線の深谷駅から北へ約二里、群馬県との県境になっている利根川の流れに近いところである。戦前戦中から戦後にかけて、私は何度、からっ風に吹かれながら、この二里の道をてくてく歩いたことであろう。現在では深谷市に編入され、ようやく家も多く建てこんできたが、その当時は、桑畑のあいだの茫々たる一本道で、夜は真っ暗になってしまう寒村であった。血洗島は、土地ではチャーラジマと発音する。

父や叔父からよく聞かされた話では、この血洗島の大きな家の二階で、彼らは子供のころ、縦横無尽に自転車を乗りまわして遊んだという。それほど広かったというわけであろう。ときどき、思い出したように横浜から帰ってくる祖父が、祖母の家計の苦労も知らぬげに、子供のために高価な舶来の玩具を山ほど買ってくる。父は幻燈機でよく遊んだという。埼玉の寒村が、文明開化の横浜と直結していたわけだった。

私は夏休みや冬休みのたびに、祖母がたったひとりで守っている、この大きな家に父母や妹とともに滞在したし、戦災で東京の家が焼けてからは、半月ばかり、ここに住むことを余儀なくされもした。子供の時分は築山にのぼって隠れんぼをしたり、裏の桐畑で蟬とりをしたりして、遊ぶことには事欠かなかったけれども、旧制高校に入学するころになると、この関東平野の真っ直中の、何の変化も新鮮味もない血洗島の生活に、つくづくうんざりした。昼でも暗い大きな屋敷が、陰気くさくてやり切れなかった。

たとえば、この家の奥の蔵にいたる途中の廊下には、押込み強盗に襲われた際に身をひそめるための、外からでは分らない、秘密の小部屋のようなものが造られていた。

また離れの奥座敷には、一時期、頭のおかしくなった私の伯父が、そこに住んで病を養っていたこともあった。

この精神分裂病の伯父は、祖母に食事の世話をしてもらっていたのだが、ときどき、着流しにふところ手のまま、ふらふらと奥座敷から私たちのいるほうへ出てくると、うつむき加減に畳の上を歩きまわりながら、わけの分らぬ演説をはじめるのである。最初はこわかったが、慣れてしまうと、私も妹も、家のなかをうろうろしながら演説する狂人を何とも思わなくなった。

その演説を聞くともなしに聞いていると、ヨーロッパとかアメリカとか、デモクラシーとか国際会議とかいった片言隻句が耳にとびこんでくる。第一次大戦前に欧米に留学して、日仏混血の妻をもらってきた伯父だけに、頭が狂っても、さすがに言うことは違うものだな、と私は子供心にいたく感心したものであった。

その伯父も戦争中に死に、祖母も死に、そして私の父も死ぬと、もうこの馬鹿でかい家を維持してゆかねばならぬ理由は一つもなくなってしまった。親族会議で売ることに一決したが、家屋を解体しても、使ってある木材が立派すぎて、とても普通の住宅には向かないのだった。結局、長野県内のどこかの料理屋が買いとって、解体して運んでいったという。

今考えてみると、この巨大な家の崩壊は、まぎれもなく一つの時代が終焉したのだという印象を私にあたえる。あたかも昭和三十一年である。それは日本の社会や経済の未曾有の変動期であると同時に、明治からつづいていた私たちの文化的なもの、精神的なものの尻っぽを、完全に断ち切ってしまった時代でもあった。そういう時代と重なって、私の少年時代のくさぐさの思い出が染みついている、あの大きな暗い家が地上から消滅したのである。

今、血洗島のかつて家の立っていた敷地の跡へ行ってみると、ブロイラーの鶏小屋がずらりと並んでいて、鶏たちがひっきりなしにコッコ、コッコと鳴いている。

日録

九月三十日

三時より文芸家協会会議室にて言論表現委員会。私はサド裁判の当事者として列席する。

中村稔弁護士の説明のあと討議に入ったが、結局、ここでも私は被告人みたいな立場に立たされてしまった。傍聴の新聞記者諸君の目には、あたかも私が職員室で叱られている素行のわるい生徒のように見えたことだろう。この生徒は、文学と市民主義の問題に対する理解が、文壇の先生方と、どこやらで根本的に違っているらしい。よく考えておこう。

それでもとにかく、何らかの声明を出すことになり、阿部知二委員長が伊藤整氏に声明の起草を依頼して、次の議題に移る。

大岡昇平氏と埴谷雄高氏が、ここで席を立って、私たちは中村弁護士と四人で、産経会館の一階でお茶を飲んで別れる。

外は雨。下北沢のH氏宅へ直行。そこで三人の女性（女房をふくめた）を前にして、ウイスキーをちびちびやりながら映画の話、ミステリーの話、畸型児の話……。ミステリー小説に飽きたH氏夫人は、バルザック全集を耽読している。私が大いに感心すると、「どうして？　だっていちばん面白いんですもの。円地文子も松本清張も、みんなこの中にあるのよ」と仰せられた。その言やよし。アスパラガスをむしゃむしゃ食い、遅くなってH氏帰宅するにおよび、さらにビールをあけ、御馳走さまもそこそこに、終電車で鎌倉へ。

十月一日、二日

ごろごろ寝て暮す。乱読。花札を引く。コイコイ。六百ケン。

十月三日

鎌倉市民座にてスエーデン映画『天使なんかあるものか』見る。じつにつまらん。どうやら社会保障の行き届いた国は、喜劇がつまらなくなる傾向があるようだ。ソヴィエトしかり。危機意識の毛ほどもない。おそるべき社会的精神薄弱化現象。

十月四日

現代思潮社にて石井氏としばらく歓談の後、上野の東京文化会館へウイーン少年合唱団を聴きに行く。ここへは始めて来たが、俗悪な近代建築で、まるでデパートのようにちゃらちゃらと明るく、気色のわるいこと、おびただしい。それでもオーケストラつきのモツアルト『ミサ曲戴冠式』は、思いがけず、拾いものであった。

十月六日

文筆家はとかく夜と昼を取り違えることになり勝ちだが、私くらい極端な者もめずらしいのではないか。自慢するわけじゃないが、夜中の三時ころ、私の頭脳はようやくさえてくる。女房をたたきおこし、好物のサラミを食って、机に向かう。時間の観念がなくなり、「今日は何日だっけ?」と女房に五回くらいきく。まともな日記なぞ書けたものではない。

十月七日

三島由紀夫氏より贈られた『獣の戯れ』通読。おれも四十過ぎたら、スパナで頭をぶんなぐられて、幸福な失語症になるのも悪くないな、と思う。冗談ではなく、獣になりたいという欲望は、少年時から私のエロティシズムの中核であった。

十月八日

午後二時半、来客ありて起床。客は神保町の某レストラン主人浜野氏なり。北軽井沢の別荘にもう一度遊びに来ないか、秋はいいぜ、と誘われる。起きていきなりウイスキーを飲みはじめたので、やや廻った。

この浜野氏という人物、大兵肥満で、胆嚢に結石があるくせに、手術をするのをめっぽう怖がっている。左右のポケットに二種類の薬をもち、酒と一緒に飲んでいる。人間とはおかしな動物だ。

十月九日

夜半よりはげしい吹き降り。わが家の窓から見る滑川の水嵩刻々と増す。台風が房総沖を通る由。私は雨より風がきらいだ。風くらい不愉快なものはない。わが家はボロ家で、風にぐらぐら揺れるのである。

十月十日

夜来の雨あがる。蠣殻町の桃源社にて、拙著『黒魔術の手帖』贈呈の署名する。同社の矢貴氏苦心の作だけあって凝りに凝った本になった。

蠣殻町からタクシーを拾うのに一苦労する。東京とは何たる野蛮な町であるか。

銀座にて浜野氏夫妻と待ち合わせ、フード・センター地階の「こけし」にて食事する。ほろ酔いでぶらぶら銀座を歩くのも久しぶりのような気がする。

十月十二日

午後五時近く、一眠りしようとしていると、突如として来客あり。東京からドライヴ・クラブの車を飛ばしてきたH氏夫妻、A氏夫人および子供の総勢四人。

仕方なく起き出して、酒を飲み出すうち、鎌倉在住の妹夫婦も呼びにやられて、座に加わり会する者総計九人（子供二人ふくむ）となった。大へんな騒ぎである。

私は寝不足であったため、騒ぎをよそに一眠りしたが、ふと目をさますと、酔ったH氏が「銭湯に行こう」とわめく。そこで男三人、着流しにゲタをつっかけて、深夜の戸外に蹌踉とさまよい出る。

風呂の帰りに、駅前のマーケットで二三軒ハシゴをやり、タクシーで家にもどる。家ではすでに女たちがごろごろ寝ている。泊り客七人とは近来まれだ。

十月十三日
二日酔いで頭がぼうとしている。駅前の喫茶店「扉」でコーヒーと朝食。そのまま六人がH氏運転の車に乗りこみ、東京へ向かってドライヴ。すばらしい秋日和だ。

途中、横浜の港に立ち寄り、岸壁に横づけになっている往年の豪華船氷川丸の内部を見物し、デッキでお茶など飲む。

夕闇せまる第二国道をすっ飛ばして、ようやく神田の一ッ橋に着いたのは、六時をやや回った頃だった。如水会館で裁判の打ち合わせ。いつもの連中にまじって、埴谷氏、吉本氏、理論社の小宮山氏などの顔が見える。

会合のあと、例のごとく某所にトグロをまいたが、昨日の今日で、さっぱり酒がうまくない。悪友の勧誘をしりぞけて、終電で鎌倉へ帰る。

十月十五日
東京湾のハゼ釣りに行った妹が、いっぱい獲物をさげて遊びにくる。さっそく天ぷらにして食ったが、こんなにハゼを食ったのは生まれて始めてだ。
十月十六日
神田の「ラドリオ」でY嬢と待ち合わせ、拙著『黒魔術』を進呈する。たまたま翻訳出版の件で話をしていた晶文社のO氏の誘いで、彼女ともども、本郷の某小料理屋へ行く。
十月十七日
稲垣足穂氏の直弟子たるK君が遊びにくる。彼はまだ若いが、変態性欲とファシズムの熱心な研究家なり。稲垣氏は死んだユリイカの伊達さんを「虚無僧」と評していたが、K君の話によると、私も虚無僧なのだそうである。稲垣氏がそう言っていたという。これには驚いた。
十月十八日
桃源社の矢貴氏来宅。現下の出版事情について滔々と述べられ、いささか毒気を抜かれた。
十月十九日
マルクーゼ『理性と革命』読む。アメリカの社会学者は現実妥協的となるか、ユートピアン的となるか、二つに一つしかないようだ。このヘーゲリアン、マルクーゼは後者で、その点、私はかなり好感をもっている。

十月二十日

小雨。神田で必要な書籍を求む。三省堂のなかを歩いていると、ベレー帽の秋山清さんに会い、一緒に「ラドリオ」でお茶を飲む。

銀座へ出て、日劇の地下で本日封切の映画『狂った年輪』および『夜と霧』を見る。『狂った年輪』はおもしろい。とくにロシア革命のシーンは圧巻である。ただ、スクリーンの寸が足りなくて、トロッキーの顔の上半分がちょん切れているのは情なかった。

十月二十一日

今日も雨もよい。八重洲口の観光会館プレイ・ガイドで、グレコ・リサイタルの切符を求め、丸善で洋書を見る。それから日本橋の某男物洋品店で、気に入ったセーターを見つけて買う。さらに銀座の某店で同行の女房のために、おそろしく派手なセーターを購入して嚢中すっからかんになり、満足して鎌倉へ帰る。

鎌倉に着いてから、久しぶりに大町の岡田真吉さんのお宅へ寄る。在パリの葉田君の噂などする。玩具のようなプードルが座敷を走りまわっていて、じつに可愛い。

十月二十二日

ポパー『歴史主義の貧困』を読む。題名に惹かれて買ったが、これは実にたあいない本だ。しかし、さきのマルクーゼといい、ポパーといい、またパッペンハイムといい、アメリカの社会学の一部分をドイツ人が受け持っているのは、おもしろい現象だ。ロケット工学と事情が似ているではないか。

十月二十三日

鎌倉市民座にて映画『片目のジャック』見る。紙芝居みたいなマーロン・ブランド鑑賞用映画。『波止場』や『欲望電車』のブランドを知っている知的なファンは、がっかりするにちがいない。

十月二十四日

夕方、現代思潮社の久保君来宅。サド『悪徳の栄え』を新装版にして増刷するというので、久保君を待たせて、あとがき五枚書く。函の表の図柄には、私の好きなレオノル・フィニイの素描を使うことにきめた。

明日は第二回公判。早く寝なければならない。

私の一九六九年

私の一九六九年は、十年がかりのサド裁判のようやく決着のついた年として、長く記憶に残るであろうが、これは要するに公的な事件であり、年表に書きこまれるための事件のようなもので、私の内面生活が、それによって昂揚したり、影響されたりするというようなことは全くなかったのである。

サド裁判が私にとって喫緊の問題だったのは、十年前のことである。あのころ、私たち被告は、いかにして法廷の枠をぶち破るかということを真剣に考えていた。ぶち破ると言っても、現実的なパワーを行使したわけではなく、私たちのラディカリズムは、もっぱら論理だけに局限されていた。そう言えば、あの当時、「擬制」だとか「自立」だとかいった観念的な言葉がむやみに流行したものだったが、これらの懐かしい言葉も、サド裁判のパラドクサルな構図の上にのっけてみると、妙に生き生きと甦ってくるような気がするから不思議である。

今年の十月十五日、最高裁判決のあった日、私たち被告がさんざん手こずらせた大野正男主任弁護士が、笑いながら、こんなことを言った。「まあ考えてみると、サド裁判は、いまの東大裁判のハシリみたいなもんでしたね……」

この弁護士の感想が当っているかどうか、私には分らない。私たちは裁判官を忌避もせず、法廷侮辱になるような暴言も吐かず、ただただ、法廷の彼方にある何物かに向って、空しいことと知りつつも、言葉を重ねていたのである。とにかく、裁判官や検事を相手にしていたのでないことだけは確かである。では何を相手にしていたのか。それをここでわざわざ言う必要はあるまい。

いずれにせよ、観念こそ武器だと思っていた私たちの六〇年代は、いま、ようやく終ろうとしているような気がする。

日々雑感

威勢のわるい発言

寒波襲来の夜、行きつけの鎌倉のソバ屋で熱燗をひっかけていると、着ぶくれたBG風の若い女の子が入ってきて、壁に貼られた品書きをずらっと眺めわたし、註文を受けにきた店の者に、

「あの、日本ソバだけなんですか?」

と恥ずかしそうにきいた。中華ソバはないのか、という意味をこめたのであろう。店の者は、困ったように笑っていたが、わたしもまた、「日本ソバ」はひどいな、と思わないわけにはいかなかった。

わたしどもの常識では、ソバといえば、藪とか更科とか手打とか、いろいろ区別はあるにしても、日本伝来のソバにきまっていて、ラーメンやチャーシューメンのことではないのである。いったい、「日本ソバ」などという奇怪な言葉が、若い人のあいだで、ふつうに使われているのかどうか、わたしは不明にして知らないが、おかしな日本語もあればあるものだ、と思って、つくづく驚いてしまった。

言葉の問題には、わたしは大そう神経質である。つまらないことに、いちいち引っかかる。生活上の保守主義は、厳として守りたい方である。（いや、待てよ、コトバは生活の範疇というよりも、思想の範疇に属するものかな?）

たとえば、女房が「長ネギ」というたびに、わたしは怒り狂って、「長ネギなどという必要はない。ネギで結構だ」とどなる。とくに玉ネギと区別する場合にのみ、長ネギという表現が許されるのであって、ただネギといえば、わたしたちの常識では、細長いネギにきまっているのだ。鴨がしょってくるネギは、わざわざ断わらなくても、玉ネギでないことは自明ではないか。

食べものの話ばかりで恐縮だが、もう少し書こう。どうせわたしの書くことだから、高級な食道楽談義ではなく、そんじょそこらのありふれた食べものの話である。

近ごろ、かなり料理のうまいレストランでも、皿に盛りつけた飯のまずさに、閉口することがある。飯の炊き方がわるいのである。いかにも銀シャリという表現にふさわしい、つやつやした、みずみずしい、ふっくらした飯には、ついぞお目にかかったためしがないのである。あれは、何とかならないものだろうか。日本のパンがうまくないのは当然だとしても、わたしたち日本人が、うまい米の飯を食えないなんて、なさけない話ではないだろうか。

戦争中、わたしたちは高等学校の寮で、飯盒にいっぱいの飯を炊き、ただ塩だけをぶっかけて食ったものである。もちろん、おかずは何もない。それでも、あの飯盒の飯がじつにうまかったのは、たぶん、薪で炊いたからだったと思う。電気釜が一般に普及して以来、日本中の米の飯が急速にまずくなった。これは否定しがたい事実である。

薪がガスになり、ガスが電気になるにつれて、どんどん飯がまずくなっていったのである。つまり、文明の普及と反比例して、人間の味覚が次第に鈍くなり、まずいものでも平気で食うようになる、というわけだ。アメリカのカンヅメ食品がよい例ではないか。

物資欠乏の困難な時代、わたしたちは意外に、ぜいたくなものを食っていたのかもしれないのである。なにしろ、ご飯を薪で炊いていたのだから。

アメリカの推理小説を読むと、よく女の子の喜ぶ御馳走として、ピーナッツ・バターのサンドイッチというやつが出てくる。こんなもの、わたしなんかには、食えといわれたって食えた代物じゃない。

知り合いのカレーライス屋の主人の話によると、一品料理の皿のわきに添える野菜サラダとか、スパゲッティとか、じゃがいもとかをサイド（サイド・ディッシュの略）と呼ぶそうだが、このサイドの量が多くないと、食い気ざかりの若い客には、評判がよくないのだそうである。わたしなどは、海老フライの皿のわきにスパゲッティなんか添える必要はない、と思われるのだが、食欲の相違とあっては、いたし方ない。

サイドで思い出したが、このごろ、刺身のツマに、パセリがついてくることがあって、憮然とさせられる。笹の形に切りこんだビニールの薄片がついてくることもある。ビニールの発明によって、わたしたちの生活は、ずいぶん便利になったことも事実であるが、同時にまた、ずいぶん味気なくなったことも争えないだろう。

しかし縁日などで、浴衣を着た子供が、金魚をビニールの袋にいれて持って歩いている姿を眺めると、わたしたちの子供の頃は、いったい、金魚をどんな容器にいれて持って歩いたのだろう、と考えてしまう。大方、ブリキのバケツであろうが、どうもはっきりした記憶がないのである。

こんなことを書いていると、きりがない。どうしても話が懐古的になってしまうが、これはわたしたち三十代の人間の、いわば、陰気な楽しみ Delectatio morosa のごときものでもあろうか。「発言」などという、威勢のいい欄にはふさわしくない発言なのである。

よいお酒とよい葉巻さえあれば

ドイツのミュンヘンに近いアルプスの山のなかに、気ちがいの王様の建てたお城がある。樅の樹の林に囲まれた山頂にそそり立つ、真っ白な大理石づくりのお城で、まるで童話に出てくる悪魔のお城のように、美しくて、しかも妖気がただよっている。こんなお城に住みたいと思うが、私は気ちがいでもないし、王様でもないので、そういうわけにはいかない。これは私の夢である。

現実の私の家は、まあ、小さな修道院のようなものである。客間の白い壁には、フランスの画家の銅版画がいくつも掛けてある。ガラスのケースには、古道具屋から集めてきたような、貝殻やガラクタのコレクションが、ごちゃごちゃと並べてある。書斎は、四方の壁がすべて本の棚である。私は本に囲まれてひっそりと生きている、禁欲的な修道僧のようなものだ。仕事はいつも夜中にする。

よいお酒と、よい葉巻さえあれば、どこにも外出せず、この小さな城に一ヵ月くらい、籠城していても私は平気である。こうしてみると、修道僧とはいってもかなり贅沢な修道僧であるようだ。

現在の私の夢は、庭の芝生に古風な日時計を置きたいということだ。

わが酒はタイムマシーン

ワインについて特別の嗜好があるほど、私はワイン通ではない。それでも甘いのは困るから、レストランでは、なるべくセックなやつをもらうことにしており、セックなやつなら、日本にたくさん来ているメドックでも、サン・テミリオンでも、ボジョレでも何でもよい。銘柄は向うに選んでもらう。

ワインは意外に酔うもので、私は食事のとき、ワインを飲むと、もう何もする気がしなくなり、眠くなってしまう。昼間からワインを飲んでいるフランス人の真似をしていたら、私には、仕事も何もできなくなってしまうにちがいない。

それでもヨーロッパ旅行中など、毎晩のようにワインを飲んでいると、だんだんこちらも慣れてきて、やがて一本では何となく物足りなくなり、さらにカラフ（ガラスの水さし）で、追加注文したりすることになる。カラフは、ヨーロッパのレストランなら、どこでも使っているはずであるが、日本では、あまりお目にかからないような気がする。あれはお客へのサーヴィスとして、日本でも採用すべきではなかろうか。

よく冷えた白葡萄酒とともに、店頭に並んでいるカキやムール貝を注文して食べるのは、パリの場末のレストランにおける楽しみであるが、日本の家庭でだって、その真似をしようと思えば、必ずしも不可能だということはない。つまり、アワビその他の貝類には、白ワインがよく合うからだ。とくにアワビがよろしく、これは夏の一夕の楽しみとして最高であろう。

ふだん、私がナイトキャップ（寝酒）として用いるのは、もっぱらウイスキーである。いつも水割りにして飲む。夏など、徹夜の仕事をおえて、夜がしらじらと明けてくる頃になると、裏の山でいっせいにヒグラシが鳴きはじめる。そのヒグラシの澄みきった声をムード・ミュージックとして聞きながら、私はひとりでウイスキーのグラスを傾ける。拙宅は、北鎌倉の円覚寺の裏山にあるので、セミの声、鳥の声は、ふんだんに聞くことができるのだ。

酒は大ぜいで飲むのもいいが、ひとりで飲むのも、また結構なものだと思う。とくに仕事のあとは、一種の爽快な満足感があって、その満足感に浸りながら飲むのが何とも言えない。酒が媒介となって、私はタイムマシーンにのったように、夢想の中で思うさま、過去や未来に遊ぶことができるのである。

午前三時に大晩餐会

私の食事は変則的だ。なにしろ起きる時間がまるで一定していないので、朝飯、昼飯、晩飯という区別はほとんど意味をなさず、第一回目、第二回目、第三回目と呼ぶことにしている。時には、何度食べたか忘れてしまって、第四回目を食べたくなることもあり、また時には、第二回目を食べただけで、酒を飲んですぐ寝てしまうこともある。

夜中の三時か四時ごろ、煌々と明かりをつけて、大晩餐会をひらいている我が家の食堂を眺めたら、泥棒もびっくりして、逃げ出すことであろう。我が家のために近所も安心して眠れるわけで、これは鎌倉警察に表彰してもらってもよい、と思っている。

こういう変則的生活を送っている私のために、妻は涙ぐましき超人的努力によって、日夜、食事をととのえているのである。

若いころは肉を好んだが、私も近ごろは魚が好きになり、サシミをよく食べる。鎌倉は海が近く、よい魚屋があり、時には地《じ》の魚で、いいやつを届けてくれるから、ますますサシミを食うことになる。

　クワイは子供のころから好きで、その季節には、一度は必ず食べることにしている。何よりも、とぼけたような、あの奇妙な形が好きなのだ。クワイを薄切りにして揚げたやつを、酒の肴にするのも乙なものだ。俗説に、クワイを食うとスペルマが減ずるというが、そういう心配はないと信ずる。

夜毎に繰り返されるたったひとりの深夜の祝祭

家中のものが寝静まっているときに、たったひとりで起きている。これが何ともいえず悦しい。一応、名目は仕事をしていることになっているのだが、必ずしも仕事をしているとはかぎらない。書かねばならない原稿などはそっちのけにして、中世フランスのエロティックな物語に読みふけっていることもあるし、あふれ出る妄想に頭をふくらませて、書斎と居間のあいだを意味もなく、うろうろと歩きまわっていることもある。

北鎌倉の山の中腹にある私の家は、夜中になると、あたかも深山幽谷にいるかのごとく、あやしげな鳥や獣の声が聞えてくる。春から初夏にかけてはトラツグミの声。それからホトトギス。それからフクロウ。いや、そればかりか名も知れぬ鳥や獣の声に、「あれはいったい何だろう」と聞き耳を立てることだってある。こう書くと、まるで泉鏡花の世界みたいじゃないか、といわれそうだが、実際、その通りなのである。

夜中に、私はひとりで酒を飲む。酒はスコッチの水割りであることが多い。間違っても氷はいれない。

酒がはいると、私の妄想はいよいよエスカレートする。妄想といったって、べつだん、それほど奇怪なことを考えているわけではない。まあ、遠く過ぎ去った、すさまじい戦後の一時期のことや、むかしの女のことなどを、ふっと思い出したりする程度である。

私の書斎には、ごく最近、四谷シモンの製作した可愛らしい女の子の人形が引越してきて、私と同居することになった。紫色のアメチストのイヤリングをした、関節で手足の動く人形である。この人形を相手に、私は自分勝手な対話をすることもある。

「なあ、そうだろう、お嬢さん」

すると人形は、こっくりとうなずくような気がするから不思議ではないか。

やがて夜がしらじらと明けてくる。夏ならば、澄みきったヒグラシの声が北鎌倉の谷《やと》にひびきわたるだろう。私は景気よくお湯の蛇口をひねって、浴槽をいっぱいに満たす。ゆったりと風呂にからだを沈めながら、夜明けのヒグラシの大合唱を聴くのは、じつに気分のいいものである。

これが私のたったひとりの深夜の祝祭だ。毎日のように繰り返しているが、決して飽きることのない深夜の祝祭だ。

塩ラッキョーで飲む寝酒

文筆業者はみんなそうらしいが、わたしもまた、原稿を書きおえると、ほっと一息ついて、寝酒をやる習慣になっている。しかし、わたしは夜中に仕事をする型の人間なので、寝酒をやるのは大てい朝になってからだ。夜がしらじらと明け、小鳥の声が聞えはじめるころ、おもむろに朝の新聞を郵便箱から出してきて、それから寝ている女房をたたき起こし、「おい寝酒だ。グラスと氷とつまみを持ってこい」と命令する。

女房がなかなか起きない時には、枕もとでがさごそ新聞の音をさせて、「や、ドゴールが暗殺された!」とか、「や、エリザベス女王に三つ児が生まれたぞ!」とか叫ぶことにしているが、こんな嘘も、昨今もはや通用しなくなった。

しぶしぶ寝酒の用意をすると、女房は必らず「ねばっちゃ駄目よ」と念を押す。これにはワケがあって、わたしの寝酒は、ちょいと一杯のつもりが、ずるずる長びくのである。本末顚倒というも愚かで、ひどい時になると、ひとりで瞑想にふけりながら半日くらい、ちびりちびりウイスキーを飲むことで時間を空費してしまう。もう寝酒だか何だかわけが分らない。昼ごろ、間の抜けたやつが電話をかけてくる。「もしもし、やあ早いですね、もう起きてるんですか」「いや、僕はいま寝酒をやってるんでね。やがて寝ることになるでしょう。起きるのはそれからですよ……」これには相手がびっくりする。

それにしても、寝酒のことを「ナイト・キャップ」などというのは、わたしには全く不可解な言葉の用い方だ。第一、わたしの信ずるところでは、酒と帽子とは何の関係もないのである。単に眠りのムードを作り出すという共通点だけのために、そう呼ぶのなら、子守唄だって電気スタンドだってナイト・キャップだろうし、そのほかにも、ナイト・キャップと呼ばれるに値するものは、いろいろあるはずだと思う。帽子と酒とを一緒にするなんて、何とも白痴的なアナロージーだと思うのだが、いかがなものか。

いずれにせよ、わたしの寝酒は、絶対にナイト・キャップなどではなく、強いて言えば、モーニング・キャップなのである。まあしかし、キャップにこだわる必要はあるまい。暑いから帽子は脱ぐに限る。やめよう。

さて、今年は八百屋でなまのラッキョーを大量に買いこみ、寝酒のつまみにするために、梅酒を漬ける瓶のなかで塩漬けにした。そこらで売ってる瓶づめの花ラッキョーなどは、べたべた甘いばかりで食えたしろものではないが、この自家製の塩ラッキヨーは、わが家にやってくる酒好きのお客さん方にも、なかなか好評である。あまり漬かり過ぎにならないうちに食べるのがよろしい。かっと胸が焼けるような青臭い感じが、何ともいえない。こいつをぼりぼり食いながら、ウイスキーを舐める。

近ごろ料理屋などで、突き出しに、細長い形のニラみたいな一種のラッキョーが出てくることがあるが、これは西洋ラッキョーで、正確にはエシャロットと称する。金山寺味噌など塗りつけて食べるのだが、これを日本の八百屋さんは短かく「エシャ」と呼んでいる。八百屋で「エシャをちょうだい」と言えば売ってくれる。先々月号の本誌で、高橋義孝さんが「アテチョコ」(じつはアーチチョーク)などの日本語訛りの面白さについて書いておられたが、この「エシャ」も傑作に属する方ではないか。

どうも酒呑みには、食べものについてうるさい偏見をもっているやつが多く、ついこのあいだも、画家の池田満寿夫がアメリカへ行くのを送る壮行会のとき、あとまで残った五、六人が、池田のアトリエにマグロのようにごろごろ寝そべりながら、味噌汁の実は一種類にすべきか、それとも多種類にすべきかという問題について、えんえん数時間、二派に分かれて大議論を展開した。どっちでもいいようなものだが、当人はみな真剣そのものであった。しらふでは、とてもこんな馬鹿馬鹿しい議論に口角泡をとばす気にはなれまい。

あるファナティックな詩人の意見によると、味噌汁にワカメとネギを二種類ぶちこむなど、まさに言語道断、狂気の沙汰であって、ワカメならワカメ、ネギならネギと、きびしく区別するのが本当なのである。それが味噌汁の正しい（？）作り方なのだそうである。もっとも、こういう抽象的な議論にむやみに情熱を傾けるのは、大てい男であって、生まれてから味噌汁など一度も作ったことがない連中だろう。女は一般に現実主義的だから、こんな空理空論を追うことはない。——それにしても、わたしはやはり、味噌汁の実は一種類がオーソドックスであるような気がしてならないのである。

前に、わたしの寝酒がずるずる長びく話を書いたが、どうもわたしの一日の生活のテンポは、二十四時間では短かすぎるらしいのだ。わたしは出不精で、三十半ばにしてすでに隠遁の傾向があり、万端ゆるゆる事を運ぶのを好む。食事のあとでは、二時間ぐらいパイプをふかしたり、丹念にパイプの掃除をしたり、漫然と雑誌のページをめくったりして時間をつぶす。（ただし、テレビ・ラジオのたぐいは一切見聞しない。）いざ仕事をはじめれば、十時間以上ぶっ通しで机の前を離れない。その代り、寝酒の時間も長く、睡眠の時間もべらぼうに長いのである。ナポレオンが聞いたら、何と不経済な男かと呆れるだろう。

断わっておくが、わたしも寝酒のたびにラッキョーばかり食っているわけではない。あたりまえである。常住揃えておくべき品は、タタミイワシ、サラミ、ブルー・チーズなどである。これらの品が欠けた時には、わが女房は怠慢の罪に問われなければならない。ところで、愛飲家として少しばかり恥ずかしいことを告白してしまうと、わたしはトウモロコシが大へん好きなのである。かつては夏から秋にかけての季節の風味であったが、近ごろでは、デパートなどで、四季を通じて冷凍のトウモロコシを売っているという事実を、読者はご存じであろうか。（言うも愚かであるが、カンヅメのコーンでは、わたしはさらに満足しない。戦争中、トウモロコシの粉でつくったパンを食わされたが、あんなまずいものは食ったことがない。）

いつか新聞か何かに、歌手のペギー葉山さんが、トウモロコシが大好きだと書いておられるのを読んで、わたしはますます彼女のファンになった。あるいは精神分析をしてみると、トウモロコシを愛好する人間の精神には、なにか奇々怪々なコンプレックスが巣くっているのかもしれないが、まあ、そんなことはどうでもよろしい。将来、わたしは「全日本トウモロコシ愛好会」というのをつくって、ペギーさんを会長にいただこうと考えている。

冷房とエレベーター

いつの頃からか、夏の暑い日ざかりでも、出かける時には必ず、片手に上着を持ってゆくという習慣がついてしまった。用心のためである。いつどこで、恐るべき冷房の寒冷地獄に見舞われるか、分ったものではないからである。

まず北鎌倉の駅まで歩いて、そこから横須賀線のグリーン車に乗りこむ。今まで汗を流しながら歩いてきたので、とくに感じるのかもしれないが、車内は冷えきっていて、東京までの五十分間、その寒冷に耐えるのは考えただけでも苦痛である。

こちらにも知恵がついてきて、近頃では、できるだけ苦痛を最小限にとどめる方法を会得するようになった。すなわち窓ぎわよりも、車内の通路寄りに坐るほうが、まだしも苦痛は少ないのである。また、車輛のいちばん前、あるいはいちばん後部の席に坐ると、冷房の風がそれほど当らないので、ずっと凌ぎやすいということが分った。

電車が東京駅に着いて、ホームに降り立つと、むっと温気が身体を取り巻き、眼鏡のガラスも曇るほどで、何だか蒸し風呂にでも入ったような気分になる。これでは身体に毒だな、と思わざるを得ない。

冷房装置は生活を快適ならしめるためのものであろうが、これではまるで逆ではないか、と思うことしきりである。

つい先日も、渋谷の或る劇場で、評判になっているオーソン・ウェルズの『フェイク』を見たが、二時間ばかりの映画が終る頃には、足もとからひしひしと身に迫る寒冷の気に、暗闇のなかで、どうにも耐えがたい思いを味わわせられた。

常日頃、冷房とは無縁な生活をしているだけに、都心のビル街に勤務しているひとたちにくらべて、冷房に対する抵抗力がいちじるしく弱くなっているのかもしれない、とも思う。いつの間にか、自分が野蛮人になってしまったような気がしないでもない。

冷房とならんで、もう一つ、近頃の私の大いに不満とするところのものは、あのエレベーターである。その理由を簡単に言うならば、最近のエレベーターは速すぎるのだ。高層ビルの最上階までノン・ストップで運ばれると、私は気分が悪くなってしまう。だから、なるべく高層ビルには行かなくて済むように心がけている。

そう言えば、昔のエレベーターは優雅でよかったな、とつくづく思う。

まず第一に、昔のエレベーターは昇降口の扉もケージもガラス張りで、なかに乗っているひとたちがよく見えたものだった。

私は少年の頃、よくデパートなどで、ガラス張りの昇降口から下の暗い穴を好んでのぞいていたものである。鋼鉄のケーブルがしきりに上下して、やがて下の階からケージがせりあがってくる気配がする。しかし気配だけで、なかなかケージそのものは現われない。何度もこちらの期待を裏切ったあげく、ようやく現われたケージは、お客を満載していて、あれあれと見る間に、そのまま上の階へ素通りしてしまうこともあった。

暗い穴の底から、電灯に輝いた四角い箱がみるみるせりあがってきて、私たちの目の前で、ためらうように停止する。と、エレベーター・ガールがガラスのドアを左右にひらく。ドアの開閉も運転もすべて手動式で、たしかエレベーター・ガールはハンドルみたいなものを手で廻していたように記憶している。その閑雅な感じが、なかなかよかった。

現在のエレベーターのように、所定の位置でピタリと停まることはめったになく、多くの場合、少し上下して位置を調整したものであった。そのために、乗っているひとは、何だか尾骶骨のあたりがむずむずするような、妙な感覚を味わわせられることになる。その感覚は、どちらかと言えば不快感に近いだろうが、それでも半ば期待する気持があるところをみると、必ずしも不快感とのみは断定し得ないような要素もあった。

この感覚を、私は去年、パリの地下鉄のエレベーターで久方ぶりに味わった。

パリの地下鉄のエレベーターは、ケージが四角い箱ではなく、細長い不等辺多角形で、しかも内部が恐ろしく広くて、お客が坐るためのベンチまでついている。ドアが両側に二つひらくようになっているのも、めずらしい。こんなエレベーターは、少なくとも日本では見たことがない。完全に自動式で、速度はやけに速いのである。

そして速いくせに、ぴたりと所定位置に停止せず、ぐっと沈みこむような具合になるので、私はその都度、あの懐かしい、尾骶骨がむずむずするような感覚をたっぷり味わったものであった。

ここまでエレベーターの話をしてきたのだから、最後までエレベーターで一貫させてしまおうと思う。

やはり去年、私は友人らとともにスペインのバルセロナへ行って、あの名高いガウディのサグラダ・ファミリア大聖堂を初めて仰ぎ見た。それは予想していたよりも、はるかに伝統的なバロック建築に近い感じで、私には、それほど常識はずれのものには見えなかった。私は下から仰ぎ見ているだけで十分に満足だった。

ところが案内役の友人の言うには、「これは上に登ってみなければ真価は分らない。ここまで来た以上、ぜひエレベーターで上まで行くべきだ」というのである。

大聖堂のてっぺんまで何メートルあるのか知らないが、とにかく目のくらむような高さである。小さなエレベーターが下から出発する時から、私にはいやな予感があった。私は友人の好意を無にしないために、一大勇猛心をふるい起してエレベーターに乗りこんだのである。

せまい箱のなかは、スペイン人の運転手と、友人の細君と、私の三人だけだった。友人はとくに私の保護者として、細君に同行を命じたのだった。もし目がくらんだら、私は彼女の肩につかまればよいわけだ。

小さな箱がどんどん虚空に上昇してゆくにつれて、私の腋の下に冷汗が流れ、顔から血の気の失せてゆくのが分った。

とうとうてっぺんに着いて、外へ一歩踏み出そうとした途端、「あ、これは駄目だ」と私は思った。そこは何だか透き間だらけで、私にはとても歩けたものではないことが分ったからである。

そのまま私は運転手に合図して、外へ出ずに、ただちにエレベーターで下へ向った。サグラダ・ファミリアのてっぺんまで登ったのだから、まあいいじゃないか、と思いながら。

エレベーターの夢

私はよくエレベーターの夢を見ることがある。フロイト神話学では、上昇の夢はセックス、それも特に勃起の現象と関係があるわけだが、そのことを私はここで問題にしようとは思わない。

私がしばしば夢に見るエレベーターは、ずいぶん広くて、少し大げさにいえば、四畳半ぐらいはありそうな感じである。床がきわめて不安定で、始終ぐらぐらしているので、乗っていると落ちそうな気がする。内部は暗くて、何人ぐらい乗っているのか、はっきり分らない。運転が非常に乱暴で、或る階に達しても、その階の床とエレベーターの床とが水平に接しない。ずれているのである。だから降りるためには、その階の床に両手をかけて、よっこらしょと攀じのぼらなければならない。早くしないと、エレベーターがふたたび動き出して、隙間に挟まれてしまう恐れもある。そうでなくてさえ、エレベーターの床はいつもぐらぐらしていて、危険きわまりないのである。

こんな夢を、私はもう何度見たか分らないほどである。また近いうちに見るかもしれない。

古本屋の夢

前に夢の話を書いたが、もう一つ書いておきたい。他人の夢の話を聞かされるくらい、ばかばかしいことはないのは私も重々承知しているが、ここでは多少の身勝手も許してもらえるのではないかと思っている。前に書いた夢もそうだったが、この夢も、何度となく私の見る夢なのだ。

夏のぎらぎらした陽を浴びて坂道を降りてくると、戦前の神田の古書店街のような、低い家並みのつらなった本屋ばかりの町がある。角を曲って、せまい路地に入る。私は或る古本屋をさがしているのだ。

「おかしいな。たしかこの辺だと思ったが……」

何度も同じ道を通って、うろうろしているうちに、それまで少しも気がつかなかった、間口のひろい一軒の古本屋が見つかる。

「あ、ここだ。ここだ。」

入ってみると、内部は天井が高く、がらんとしていて、客のすがたも見えない。夏の明るい陽ざしの下から急に店内に足を踏み入れたので、店内はいやに薄暗く見える。床は土が露出していて、どうもこの本屋はバラックの仮普請のようでもある。

　しかし店内はおびただしい古書の山で、埃をかぶった雑書が堆く積みあげられ、とくに棚にならんだ洋書の数々は、こちらを圧倒せんばかりの壮観さである。といっても、豪華本がならんでいるというわけではなく、ごく普通の仮綴本がごちゃごちゃ目白押しに詰まっているだけのことだ。おそるおそる一冊の仮綴本を抜き出して定価を見ると、案の定、ちょっとこちらが手を出しかねるほど高い。

　それでもこの夢は、私にとって決して不快なものではなく、それどころか、漠然とした渇望が満たされるような、なつかしい情緒を呼びおこす種類のものなのである。何度でも見たいと思っている。

　たぶん、この夢には、敗戦直後の思い出が感覚的に凝集されているのだろうと自分で勝手に私は考えている。

　そういえば、本屋でも喫茶店でも飲み屋でも、床に土の露出しているバラック造りの店が、いちはやく焼跡にぞくぞく建てられたものだが、あの印象がどうやら私の頭にこびりついているらしい。

方向痴

方向音痴という言葉はおかしい。こんな日本語があるものか。方向痴でいいじゃないか。私はこれを採用することにしよう。

私の方向痴ときたらはなはだしいもので、いつも横須賀線で東京駅に下車するのだが、ホームの階段を降りて、八重洲口に出ようとすると、足はきまって丸の内方面に向かってしまう。逆に丸の内口に出ようとすると、足は必ず八重洲方面に向かってゆく。どんなに気をつけても、そうなってしまうのだ。それなら自分の思う方向と反対の方向へ足を向ければいいじゃないか、といわれるかもしれないが、それでも駄目で、意識すればするほど、結果は裏目に出てしまうのだから困ったものである。

横須賀線の終電車は十一時五十分だから、それを逃すと、北鎌倉のわが家までタクシーで帰らなければならない。そういう時は大抵お酒を飲んでいるから、第三京浜を突っ走る車のなかで、いい気持に眠ってしまう。運転手がベテランならばよいが、近ごろは、ろくすっぽ道を知らない運転手が多いので、事が面倒になる。「お客さん、起きてくださいよ。藤沢まで来てしまいました」「なに、藤沢だって。ドリームランドの広告塔の前を左に曲がってくれと、あれほどいったのに」「それが、気がつきませんで……」「うーん、おれがいい気持で夢をみているあいだに、現実はドリームランドを通り越してしまったか」

枕

枕という項を国語辞典で引いてみると、「寝る時に頭をのせて、頭を支える道具」と書いてある。まったくその通りにはちがいないのだが、あんまり当り前すぎて、何だかおかしい。あれはいったい道具なのかな、とも思ってしまう。

この「頭を支える道具」、枕について書いてみよう。

まず現代フランスの最も才気煥発たる文芸評論家、ロラン・バルトのご登場を願おう。彼は『サド、フーリエ、ロヨラ』のなかで、次のように述べている。

「いきなりヴァンセンヌからバスティーユに移されたとき、サドは大騒ぎをやったが、それは自分の大きな枕を持ってゆくことが許されなかったからで、この枕なしには彼は眠ることができなかったのである」

バルトというひとは、おかしなひとで、サドの生涯をざっと略述するのに、こんなつまらない、どうでもよいような瑣末事を、さも大事件であるかのようにピック・アップする。見るひとが見れば、苦難にみちた十一年間におよぶサドの獄中生活には、枕のことなんかよりも、もっともっと重要なことがたくさんありそうにも思われるのに、あえて枕のような、片々たるオブジェに目をつける。

　しかし私に言わせれば、批評家としてのバルトの面白さは、こうした点にこそあるのであって、彼はあくまでも、片々たる事物や経験から出発するのだ。サドが自分の枕に異常な愛着をいだいていたという些細な事実、それが批評家バルトの関心を呼び、それが右のような記述となって現われる。私には、バルトのいわゆる記号学などはどうでもよいのだが、こうした彼の目のつけどころの良さには、いつも文句なしに感心させられるのだ。

　それにしても、バルトはいかなる資料に基づいて、サドが自分の枕に異常な愛着をいだいていたという事実を記述したのだろうか。私はサド文学の専門家だから、そういうことに関してはすぐ分る。バルトが拠りどころとしたのは、サドが一七八四年三月八日、バスティーユ牢獄から最初に出したサド夫人宛ての手紙にほかならぬ。その文面を次に引用してみよう。

「頭を極端に高くして寝ないと、私はすぐ目まいがしたり、しばしば鼻血が出たりするので、お前も知っているように、私にはどうしても非常に大きな枕が必要だった。この別に危険なものでもない一個の枕を持っていこうとしたとき、私はまるで国事犯どものリストを盗み出そうとしたかのような扱いを受けた。すなわち、ひとは私の両手から枕を乱暴にひったくって、そういう真似は絶対に許されないのだと断言したのである。実際、私は政府の何らかの秘密機関が、囚人は頭を低くして寝かせなければならぬという指令を発しているのではないかと疑ったほどだ。というのは、私はここへ移されてから、奪われた枕のかわりにもと、四枚の厚板を貸してくれないかと辞を低くして頼んだところ、私は気違い扱いされたのである。警察官がやってきて検査が行われ、私自身は非常に寝心地が悪かったにもかかわらず、頭を高くして寝るのは慣例にあらずと判断された。私はお前にはっきり言うが、こういうことは、自分の目で見なければとても信じられないだろう。もし支那で、こういうことが起っていると聞かされたら、感じやすく同情心にあふれた私たちフランス人はただちに叫ぶだろう、『ああ、何という野蛮人どもだ！』と」

よく幼い子供が、気に入りの縫いぐるみの熊の玩具などをベッドの中から奪われると、不安になって、それが見つかるまでは眠れないというようなことがあるらしいが、この手紙のなかで語られているサドの場合も、いくらかそれに近いような気が私にはする。たかが枕ぐらいのことで大騒ぎをするのは、いかにも子供っぽくて滑稽だが、習慣というのはそもそも保守的なものなので、サドは自分の習慣、自分の選んだ生活様式を変えさせられるのを極端に嫌ったのであろう。

実際、枕と称せられるところの、この「頭を支える道具」ほど、私たちの習慣的な感覚と緊密に結びついているものはないように思われる。

私にしても、サドほどではないが、枕はやはり高いのが好きで、たとえば環境が変ってホテルなどで泊らなければならない時には、いつも部屋の戸棚から予備の枕をひっぱり出し、それを二つ三つ重ねて頭の下に敷かなければ、どうしても安んじて眠りにつくことができないほどなのである。

枕は習慣的な感覚と結びついている、と前に私は書いたが、しかし一方、非習慣的な枕というのも厳として存在している。ご存じであろう、あの水枕というやつがそれだ。

幼年時代の記憶のなかに、この水枕というものの奇妙な感覚を、今なお忘れがたく保持している人間は、おそらく私ばかりではあるまい。その色といい、形状といい、水を満たした時の頼りないぶよぶよした感触といい、これほど感覚的に奇妙な印象をあたえるものはめったになかろうからだ。

一つには、病気の時の高熱の幻覚と結びついているために、水枕はいよいよもって、その奇妙な感覚的イメージを増幅させるのではないかとも思われる。

現在ならば、さしずめ冷蔵庫の製氷室から四角い氷を取り出すだけでよかろうが、私の子供の時分には、母が台所の流しで、たたいて氷塊を割り、割れた小さな氷片を手で集めて、魚の口のような水枕の口から投入するという面倒な操作を必要とした。

私は見たわけではなく、氷を割る音を聞いたにすぎないが、病床にあって、その光景をありありと想像したものである。

水枕の上に頭をのせた感じは、何とも言いようのないものだった。それで熱がひくとは、私にはとても信じられなかった。むしろそれは儀式のようなもので、心理的な効果をねらったものではないかと子供心にも思っていた。一度、大いにはしゃいで、水枕の上であんまり頭をごろごろ動かしたので、口を留めてあった金具がはずれて、どっと水があふれ出し、蒲団の上が大洪水になってしまったことをおぼえている。

顎まで蒲団を引きあげ、熱にうるんだ目で、天井や障子を眺めていると、何だか物の輪郭が二重になって見えてくるような気がしたものであった。寝ているので、普段は足もとにある火鉢が目の高さになり、瀬戸物の火鉢の表面に描かれた山水画などを見るともなく見ていると、思いがけないところに人物がいるのを発見したりする。それが面白かった。

病気に関しては、かかりつけの医者から「病気の問屋さん」と言われたほどの私なので、いろんな思い出があるのである。なお、この文章を書き終えてから、私はまだ見たことがないけれども、近ごろではアイスノンというものが存在することを妻から聞き知った。

わが夢想のお洒落

鎌倉末期から室町、さらに安土桃山にかけての戦国乱世の時代は、ある意味で日本のルネッサンスと言ってもよいほど、わが国の歴史のなかで最もおもしろい時代の一つだと思われるが、この頃に流行した風俗に「ばさら」というのがあった。『建武式目条々』に、「近日婆佐羅《ばさら》と号し、もっぱら過差を好み、綾羅錦繍、精好銀剣、風流服飾、目を驚かさざるなし。すこぶる物狂いというべきか」とあるように、「ばさら」という言葉は、まず第一に、服装やアクセサリーに贅沢を凝らすことの意味に用いられていたらしいが、それればかりではなかったようだ。それは一種の風流、あるいは風狂にも通じる、伝統破壊にもとづいた精神の自由とダンディズムをも意味していたのである。

十六世紀のイタリアにも、たとえばチェザーレ・ボルジアとか、シジスモンド・マラテスタとかのように、神をも怖れぬ悪逆無道をはたらきながら、同時に洗練された芸術や文化の愛好家であり、また保護者でもあるといった尊大無礼な貴族が多く現われているが、この日本のルネッサンス期にも、『太平記』に出てくる悪名高い高師直とか佐々木道誉とかのような、「ばさら」趣味のチャンピオンともいうべき、伝統的権威を物ともしない、型破りの戦国武将が何人も登場しているのである。

足利幕府のもとで飛ぶ鳥も落す権力を誇った高師直が、天皇の存在を否定するような言辞を弄したり、名門の公家の娘を片っぱしから籠絡したり、さては石清水八幡宮を焼き払ったりするなどといった、横暴の限りをつくしたことはよく知られている。また同じ頃、権勢をほしいままにした佐々木道誉が、莫大な費用と演出を凝らして花見や茶会を催し、連歌や猿楽をたしなみ、自賛の画像まで物している風流人であったことも周知であろう。こうしたことがすべて、広い意味での「ばさら」に含まれるのである。

時代はやや下るが、織田信長が若い頃、異様な服装をしたり奇矯な言動に及んだりして、人目を驚かしたのも「ばさら」趣味として考えられるかもしれない。比叡山や興福寺を焼き払った残忍無頼な破壊主義者の信長には、その反面、キリシタン・バテレンを保護して南蛮趣味を喜んだりする、新らしいもの好きなハイカラなところがあった。安土城の壮麗な大城郭を建設したのも、初めて戦闘に鉄砲を用いたのも信長である。

「ダンディズムはとくに、民主制がまだ全能となるまでには至らず、貴族制の動揺と失墜もまだ部分的でしかないような、過渡期にあらわれる」とボードレールが書いているが、私には、この日本独特の「ばさら」なるものも、やはり動乱の過渡期にあらわれたダンディズムの一種ではあるまいか、という気がしてならない。

さて、前置きがずいぶん長くなってしまったけれども、私はこの「ばさら」風のファッション哲学、「ばさら」風のお洒落を、いわば自分の理想形態として、あこがれの気持で眺めているのである。

わが国の服飾美の歴史においても、このように良風美俗や偽善的な道徳と真向から対立する、大胆不敵な反逆と嘲笑の形式があったということを知っておくのは、いずれにせよ無駄ではあるまいと思う。

反逆の服飾革命といえば、私たちはただちに今日のヒッピー文化を思い出さないわけには行かないが、そんな新らしい外来のチンピラ風俗の真似をしなくても、私たちの祖先はすでに六百年前の昔から、服飾や趣味の面にあらわれた自由思想の伝統を、立派に確立していたのであった。

もっとも、「ばさら」の精神は江戸時代にいたると、いわゆる「かぶき者」の「寛闊」とか「伊達」とか、さらには「通」などといったような、いかにも鎖国日本の町人文化にふさわしい、マゾヒスティックな、ひねこびた概念に萎縮してしまう。これは徳川幕府の三百年間にわたる巧妙な統治術のためであるが、これについては、ここでくわしく触れている余裕はない。ともかく私たち日本人が明治から戦後の今日にいたるまで、服飾における派手な要素に対して極端に臆病になり、地味な服装や渋い色のみを高雅な趣味とするように習慣づけられたことの、そもそもの遠因は、この江戸幕府の統治政策にあったと考えて差支えないのである。

「ばさら」は、したがって、失われた武士階級の文化なのである。しかも、江戸時代の衰弱した武士道精神や、マゾヒスティックに儀式化した切腹美学などとは大いに異なって、野放図なエネルギーにみちみちた、傍若無人な自由思想の産み出したものである。茶道も連歌も花道も、当時のそれは、後世におけるような、せせこましく繁雑化したものでは全くなかった。能楽も、たぶん、そのようなものであったにちがいない。

谷崎潤一郎は『陰翳礼讃』のなかで、次のように書いている。

「ところで、能に付き纏うそういう暗さと、そこから生ずる美しさとは、今日でこそ舞台の上でしか見られない特殊な陰翳の世界であるが、昔はあれが左程実生活とかけ離れたものではなかったであろう。何となれば、能舞台に於ける暗さは即ち当時の住宅建築の暗さであり、又能衣裳の柄や色合は、多少実際より花やかであったとしても、大体に於いて当時の貴族や大名の着ていたものと同じであったろうから。私は一とたびそのことに考え及ぶと、昔の日本人が、殊に戦国や桃山時代の豪華な服装をした武士などが、今日のわれわれに比べてどんなに美しく見えたであろうかと想像して、ただその思いに恍惚となるのである。」

たしかに潤一郎の言う通り、「ばさら」時代の綺羅を飾った武士たちの姿は、私たち現代人の目を見張らせるような、華麗さを誇っていたことであろう。『太平記』などに描かれた当時の茶会では、並みいる大名たちは、いずれも思い思いの緞子金襴の衣裳をまとって、舶来の虎の皮や豹の皮を敷いた椅子に傲然と腰かけていたという。後世の衰弱した枯淡趣味の茶会とくらべて、何という相違であろう。しかも当時の茶は「闘茶」と称して、さまざまな種類の茶を出し、その産地を当てる一種の賭博だった。もちろん金や賞品も賭けるし、茶会のあとでは酒になり、遊女がホステスとして席に侍ることもあるのである。それは全く享楽的な雰囲気のものだったらしい。

こう書けば、私でなくても、室町時代の「ばさら」趣味にあやかりたい、その時代の絢爛豪華たる空気をほんの少しでも呼吸してみたい、と思う者は多いであろう。そして、私がこの時代をあえて日本のルネッサンスと呼んだことに対しても、なるほどと頷かれることであろう。

残念ながら、一九七〇年代の経済成長下の日本においては、このような自信満々たる哲学とモラルの上に立脚した、豪放な消費生活を営むことが不可能となっている。なるほど、世は挙げて消費生活に没頭しているとはいうものの、私たちには、それを裏づけるだけのモラル上の確信が決定的に欠けているのである。これはまことに情ない話ではあるが、私たちがすでに貴族でもなければ武士でもない以上、やむを得ないことであろう。

消費の哲学については、サルトルが『ジャン・ジュネ論』のなかで、うまいことを言っているから次に引用しておこう。つまり、「消費の極致は、富を享受することなく破壊することだ」というのである。そして「富の生産者ではない貴族は、獲得した富を破壊しながら、同時に、自分がこの世の富の上に位するという、ひそかな満足を経験する」というのである。なるほど、建てたかと思うとすぐ戦乱で焼けてしまう、室町時代の京都のおびただしい寺院建築の記録などを眺めていると、そんな気もしてくるから妙だ。

ちなみに、私の考えでは、工業社会としての現代の資本主義社会で、この消費の哲学を実践しているのは、むしろ国家そのものである。万国博覧会やオリンピックがそれを証明している。

まあ、そんなことはどうでもよろしいが、今日の大衆社会内でうろうろしている私たちにとっては、所詮、「ばさら」的な消費などは、及びもつかない一場の夢なのだ。ルネッサンスの夢から覚めてみれば、私たちの身辺には、寒々とした耐久消費財がごろごろしているにすぎない。

学者の説によると、現代男性のフォーマル・ウェアである背広は、近世ヨーロッパの労働者の服から発しており、日本人の礼装である羽織袴は、百俵以下の下級武士あるいは町人の服装であったという。明治維新前までは、武家の礼服はもっぱら直垂《ひたたれ》、裃《かみしも》であった。

　私がいかに日本のルネッサンスにあこがれたとしても、まさか緞子金襴の直垂を着て、銀座の舗道を歩くわけには行かないし、応接間のソファーに虎の皮や豹の皮を敷くわけにも行かないのである。やれば出来ないこともあるまいが、金がかかって仕方がなかろうし、物事にはバランスということもある。せいぜい、カンガルーの皮くらいで我慢していなければならない。

「凡そ日本人の皮膚に能衣裳ほど映りのいいものはないと思う」と書いた贅沢好きの潤一郎にしても、自分では能衣裳なんか着たことはなかった。

　私は派手なものが好きなつもりだが、それでも自分の趣味が無意識のうちに、既成の公認された美学に支配されているらしいのを知って、むしろ自分で驚くことがある。私の愛用しているスウェーターやポロシャツの類いは、ほとんどすべて臙脂、茶、朽葉色、ダーク・グリーン、チャーコール・グレーの系統であるが、これは要するにパリの色なのだ。決してフランスかぶれではないつもりなのに、どうやら私はパリジャンやパリジェンヌの好む色を、長い年月にわたって無意識のうちに選択しているようである。

私のスーツも、ほぼ同じ色の系統で、とくに好きなのは、細かい縦縞のはいっているやつである。それが粋だと自分で信じこみ、こういうスーツばかり作っているのは、我ながら偏狭な好みだと思わざるを得ない。春先に着る軽いジャージーのスーツ、真夏の冷房の中で着る麻のスーツも好きなものである。

背が高くないので、さすがにマキシ・コートを着る勇気はないが、痩せているおかげで細いスラックスや、先のひらいたパンタロンなどは私でもはける。お断わりしておくが、これだって、昭和三年生まれの私の同輩のあいだでは、ほとんど考えられない若造りの冒険なのである。腹の突き出た中年男に、どうして細いスラックスがはけるものか。

アクセサリーとして、いつも私の左の手にはデコラティヴな銀の指環、そして右の手にはダンヒルのパイプがある。パリへ出かけても、ランヴァンの靴下ぐらいしか買ってこないような私だから、少なくとも現実生活では、贅沢なお洒落とはあんまり縁がない、と申さねばなるまい。

しかし私は、お洒落とは精神に関係したものだと思っているし、かつての日本の「ばさら」精神を、文人として、作品のなかで生かそうとつねに考えてはいるのである。

鞄

泉鏡花の小説に『革鞄の怪』というのがある。小説の語り手が、汽車のなかで偶然に出会った、大きな古ぼけた革鞄を持った男と一緒に旅館に泊まると、その夜中に、床の間に置かれた鞄のなかから人の声が聞こえてくる、という話である。

この革鞄のテーマがよほど気になっていたと見えて、鏡花はそれから六年後にも、同じエピソードを複雑に発展させた『唄立山心中一曲』という、前作よりもやや長い小説を書いているほどだ。

吉行淳之介の短篇『鞄の中身』は、私という主人公が夢のなかで、地面に倒れている自分の死体を鞄のなかに押しこんで、自分で持って逃げるという話である。鞄を持っているのも私であれば、その中身も私である。これはいかにも不条理な話だが、夢なのだから仕方がない。

鞄というのは、こうしてみると、どうも何かひどく不気味なものであるらしい。なかに何が入っているか分からないから不気味なのであり、かりに分かっていても、一度蓋を閉めると、その中身がいつの間にか無くなっていたり、想像もつかないようなものに変化していたりするような気がするから、なおさら不気味なのである。

舞台の上の魔術師が箱の蓋をあけると、たしかに今まで入っていたはずの子供の姿が見えず、箱は空っぽになっている。これは不気味だ。舌切雀のおばあさんが重い葛籠《つづら》の蓋をあけると、化けものどもがわっと飛び出してくる。これも不気味だ。

私が子供のころ、埼玉の父の郷里の家に行くと、十五畳もある暗い大きな部屋の床の間に、支那鞄というものが置いてあった。支那鞄といっても、今の若いひとたちには何のことやら分からないだろうが、昔は古い家などによくあったものである。外側を白い革や紙で貼った木製の四角い鞄で、葛籠のように上部の蓋をあけたり閉めたりし、錠がかけられるようになっている。行李のように、なかには何でも入れられる。

支那鞄そのものが不気味だというわけでは決してないが、昼間でも陽の入りこまない暗い床の間に、鹿の角の刀掛けや花瓶にささった万年茸の飾りものなどとともに、ひっそりと置かれている白い支那鞄を見るたびに、私は「このなかに何が入っているのだろうか」と奇妙な思いに駆られたものである。

じつは、この支那鞄には、めぼしいものはほとんど何も入っていなくて、恐るべき道楽者であった私の祖父が、当時の横綱、常陸山谷右衛門や梅ケ谷藤太郎や大砲万右衛門などと一緒に写っている、大きく引き伸ばされた写真が何枚も入っているだけだったのである。

　とくに祖父の贔屓力士は大砲だったから、五人がかりの人力車に乗って新年の挨拶にきた、羽織袴の横綱と並んで写っている写真が一きわ目立っていた。もちろん、横綱は埼玉の田舎にまでわざわざ挨拶にきたわけではなく、東京の妾宅にくるのを常としていたのである。ちなみに、祖父は一代で財産をつぶしてしまった。こんなことばかりしていたのだから、それも道理だ。

　閑話休題。外国旅行に出かける時は、私はいつもサムソナイトの旅行鞄を持ってゆく。簡単に鍵が閉まって、容易にあかないから、これはたいそう便利である。鞄の不気味さについて、私は前に書いたけれども、このスチール張りのモダンな鞄には、もはや不気味なところはどこにもないように見える。しかし、はたしてそうか。

　私がいつも奇妙な胸さわぎのようなものをおぼえるのは、税関を通ってから、ベルトにのって次々に運ばれてくる搭乗客の荷物を待っている時である。どういうわけか、私の鞄はなかなか現れない。やっと現れても、何だかそれは自分の鞄ではないような、もはや自分の鞄ではなくなっているような気がしてならないのである。

カルタとり　優雅な遊び

カルタくらい、長い伝統をもち、しかも現代に脈々と生きている遊びはあるまい。なにしろ権中納言藤原定家以来の伝統である。さても優雅な遊びである。みやびやかな遊びである。

ちょっと歴史の年表をぱらぱら繰ってみたら、定家が死んだのは一二四一年と出ているので、小倉百人一首の歴史は、少なくとも七〇〇年以上だということが分った。定家が死んだ年に、ヨーロッパでは、ワールスタットの戦いが行われた。蒙古の軍隊がポーランドに侵入、北ヨーロッパ諸侯の連合軍を打破ったのである。気の遠くなるような昔の話ではないか。

明治以後、この小倉百人一首を大衆的な遊びにするために努力したのは、黒岩涙香《るいこう》だそうである。涙香は、日本カルタ会を組織して、みずから会長におさまり、カルタの早取り競技をもよおして、その実況を『万朝報』にのせた。カルタ競技の実況とはどんなものかよく分らぬが、とにかく、のんびりした時代ではあった。

わたしくらいの年代の者でも、新年のカルタ会といえば、日本髪に振袖すがたのお嬢さんが、畳の座敷に座蒲団を敷いて、あつまっている花やかなイメージをすぐ思い浮べる。ところどころに火鉢が置いてあって、お盆にミカンがつんである。「ダイヤモンドに目がくれて、乗ってはならぬ玉の輿……」尾崎紅葉作『金色夜叉』の冒頭のシーンは、この新年のカルタ会の独特の雰囲気を知らなくては、十分に味わえない。

近頃のような、絨毯に電気ストーブのモダン住宅では、とてもカルタ会どころではないだろう。第一、雰囲気がぶちこわしである。

そう思っていたら、おどろいたことに、今年はカルタ・ブームなのだそうである。百人一首が大いに売れ、高校を出たばかりの若い人が、カルタ必勝法を読んで研究しているという。これも復古調なのだろうか。

＊

黒岩涙香は、明治という日本のブルジョア革命期にあって、かのローマのペトロニウスにも比すべき「趣味の組織者」であったらしい。鶴見俊輔氏の文章によると、「涙香の手がけた趣味は、探偵小説からはじまって、狂歌、どどいつ、五目ならべ、碁、すもう、闘犬、たまつき、かるた、家庭農園など、おどろくべく多方面におよんだ。すでに完成された芸術の種目に、涙香は興味を示さなかった。芸術の中でも、もっとも卑しめられ、軽んぜられている小さなもの、芸術というよりはほとんど遊びに近い、小さな芸術種目だけをとりあげて、それに熱中した」とある。

経済成長をとげた現代の日本に、ふたたび必要なのは、涙香のような人物ではなかろうか、と思わざるをえない。

＊

わたしの友人に、理窟っぽい男がいて、へんなことを言った。「百人一首という呼び方は、おかしくはないか。百人の人間があつまって、鳩首談合の結果、ようやく一首の歌ができたというのならば、百人一首でもよろしかろう。しかるに、この場合は、百人の人間が、それぞれ勝手に一首ずつ歌をよんだのであるから、合計すれば、百首のはずである。むしろ百人百首と呼ぶべきではなかろうか」と。

なるほど、そういわれてみれば、そんな気もする。十人十色という言葉から考えれば、百人百首の方が本当であろう。しかし、こんな妙な理窟をいうやつは、どうせカルタの下手なやつにきまっている。外野席の弥次馬みたいなものである。問題にすることはない。

わたし自身も、ずいぶんカルタは好きな方で、毎年、飽きもせずにカルタを取っているが、聞くところによると、上には上があるものだ。かの涙香以来の伝統を誇る、日本カルタ会という組織に属している猛者連中は、正月ばかりでなく、一年中、カルタの練習をして、つねに腕をみがいているのだそうである。柔道場のように、畳の縁《へり》のない、六〇畳敷の大広間で、一対一で対戦する。女は膝がまくれないように、道場に備えつけてある、ゆったりしたフレヤー・スカートをはき、男は菜ッ葉服に作業ズボンをはく。相対する瞳と瞳に、殺気がこもる。

カルタは優雅な遊びだと思ったら、大間違いで、かつて明治の涙香時代には、判定の不服から、暴力沙汰におよんだことも、しばしばだったという。職業野球なみである。

思い出すのは、戦争中の愛国百人一首だ。ただもう勇ましいばっかりで、あれは何とも味気ない歌が揃っていた。それでも、わたしは記憶力の旺盛な齢ごろであったから、すっかり覚えたものである。小倉百人一首の一枚札は、ご存知の通り「むすめふさほせ」であるが、愛国百人一首の一枚札を、知っている方がおられるだろうか。わたしたちは「たむけにゆうひ」（手向けに夕日）と記憶したものである。

まあ、そんなことはどうでもよろしい。わたしたちの今年のカルタ会は、鎌倉の某邸で開催されたが、総勢三〇名近くを数える、なかなかの盛会であった。なかに一人、円覚寺で参禅しているとかいう、フランス人の青年が混じっていたが、ちゃんと正座して、自分の目の前の札を一心に見つめていたのは、おもしろい眺めであった。もちろん、彼は一枚も取れなかった。

禅ブーム、生け花ブームの次に、百人一首でも外国へ普及してみたら、どんなものであろうか。——などと、現代の黒岩涙香は、ろくなことを考えない。

ぼんやり、ぶらぶら、やがて寝る

正確にいえば、私にはホリデイはない。

興が乗れば、朝でも夜中でも、書斎に閉じこもって原稿を書いているし、原稿書きに疲れれば、ぼんやり椅子にすわって、ウイスキーの水割りをちびちび飲んだり、送られてきた雑誌をぱらぱらめくったり、サンダルをつっかけて庭先をぶらぶらしたりして、やがて寝てしまうという日常を繰り返しているだけだからである。

とくに一週間のうちに、一日だけを休日ときめているわけでもないし、そんなことは、とてもできないような気がする。

鎌倉に住んでいると、とくに一般人のホリデイ、日曜日を敬遠するようにさえなってくる。日曜日には車が混雑して、町へ出ても、埃っぽくて、うるさいだけだからである。旅行に出かけようという時でも、私はなるべく、日曜日は避けるようにしている。「日曜日はイヤよ」というわけである。

仕事を休んでいる時でも、テレビだけは絶対に見ない。テレビは退屈だし、見たいという気になったことは一度もない。べつに自慢するわけではないが、私ほど、徹底したテレビ嫌いの人間はいないのではなかろうかと、ひそかに思っている次第である。

贅沢について

私のような非流行評論家のところにも、ときどき、テレビ出演依頼の電話がかかってくることがある。もちろん、私はただちにお断わり申しあげる。テレビばかりでなく、私は講演とか、座談会とかいうものも、一切、お断わりする方針を堅持している。その理由はまことに簡単で、要するに、面倒くさいから嫌なのである。私は物書きだから、ただ文章を書いていればいいので、それ以外のサーヴィスをする必要はあるまい、と考えているのだ。なるべく贅沢に生きていたい、と思うのだ。

しかし、世の中には変った人もいればいるもので、話によると、テレビに出たくてたまらないという人もいるらしい。どう考えても私には、そういう奇怪な連中の心事は理解しかねる、としか言いようがない。

ほんとの話、私は生まれてから、たぶん、五回ぐらいしかテレビを見たことがないのではないか。私の家にも、テレビが一台置いてあることはあるが、これは年とった母のためのもので、母の部屋に置いてあるのである。私自身は、この年になるまで、完全にテレビなしの生活を送っており、べつに不自由を感じたことは一度もない。ちなみに、私には子供はいない。

私が生まれ育った時代には、むろん、テレビなどはなかった。だから私には、もともとテレビを見るという習慣はなかったのであり、その習慣を現在にいたるまで、持続させているだけの話なのである。

近頃では、ホテルに泊まると、部屋に必ずテレビが置いてある。物珍しいから、慣れない手つきで、チャンネルをまわしてみることがある。しかし、一分もたたないうちに、私は退屈して、「なんだ、馬鹿馬鹿しい」とつぶやくと、スイッチを切ってしまう。

「テレビの可能性」だとか「映像文化」だとかいった言葉を聞くと、私はちゃんちゃらおかしくて、吹き出したくなる。あんなくだらない、子供の玩具みたいなものを有難がっているのは、貧乏根性のしみついた日本人だけである。あんなものが文化だったら、文化が泣くだろう。日本人のテレビ好きは、日本人の貧乏たらしさの何よりの証明のように思われて、じつに情けなくなる。

缶詰の味しか知らないアメリカ人はともかく、ヨーロッパでは、フランスでもイギリスでも、あんなに夢中になってテレビなんか見やしない。彼らには、もっと別の楽しみや娯楽があるのだ。乞食のように親子でチャンネルを奪い合っている日本人の家庭を見たら、彼らは日本人をあわれむだろう。

旅行をしていて、田舎の小さな町の駅に着くと、電車の窓から、テレビのアンテナが数知れず、空中ににょきにょき突っ立っている光景にぶつかることがある。まさに目を覆わしむる悲惨な光景だ。新建材にテレビのアンテナ、これは日本の文化の貧困のシンボルだ。

あの安っぽい新建材にくらべると、日本の伝統的な黒い瓦の屋根は、何と美しく深みがあることか！

テレビ

今日、久しぶりに京都に着いて、常宿のホテルの一室でくつろいでいるところだ。今さっき、階下のダイニング・ルームで遅い夕食をしてから、バーでコニャックを一杯やって部屋に引きあげてきた。あとは風呂にはいって寝るだけだ。

重いカーテンを少し引いて外を眺めると、街の灯は見えるが、東山も比叡山も夜の闇に紛れて判然としない。明日は周山街道に車を走らせて、某所で某氏と落ち合う予定である。ちょっとした調べもののためである。

女っ気のない一人旅のことゆえ、旅行鞄には一冊、本をしのばせてきた。十八世紀フランスの好色文学のアンソロジーで、どこからでも気ままに読むことができる。新幹線のなかでは、アンドレア・ド・ネルシアの短篇を一つ読んだ。しかし今、コニャックの酔いが快く全身を駈けめぐっているので、活字を見る気がしない。

ふと、テレビをつけてみようかと思った。そして、はたと気がついた。私はテレビのつけ方を知らないのである。どこをどう押せばよいのか、あるいは引っぱればよいのか、さっぱり見当がつかない。

　私は生活の上では、きわめて保守的な人間で、新しいことを試みるということがほとんどない。同じ万年筆を二十年でも三十年でも使っているという人間である。したがって、私がテレビを見る習慣がないのは、べつに一家言があるからではなく、ただ私が生まれた時にテレビがなかったので、そのままテレビを見ずに五十年を過ごしたというだけのことにすぎないのだ。昔からの習慣を守っているにすぎないのだ。

　もちろん、私の家にもテレビが一台、あることはある。老母の部屋に置いてある。そして私も一年に二時間か三時間、テレビを見ることがないわけではない。主として高校野球の決勝戦とか、大相撲の千秋楽とかの実況である。しかしスイッチをひねったり、何というのか知らないが、ボタンみたいな丸いものをカチャカチャと廻したりするのは女房の役目で、私自身は、このテレビという四角い箱に手をふれたことが一度もないのだった。手をふれたことがないから、つけ方も知らないのである。

　私はベッドのわきの受話器をはずして、フロントを呼び出した。

「もしもし、テレビを見たいんだけれど、どうすればいいのか分らないんだ。誰か部屋にきて、つけてくれませんかね」

「は？　テレビが故障しておりますか」

「いや、故障じゃない。つければつくんだろうが、その……つけ方がね、どうも分らなくてね……」

この日本に、テレビのつけ方を知らない人間が存在していようとは、とても信じられないらしいフロントの男は、一瞬、私の言葉に絶句した。よく情況が呑みこめないようであった。私も、それ以上説明するのは面倒くさくなって、不得要領のまま、

「とにかく誰かよこしてください」と言うなり受話器を置いた。

どうせなかなか来てはくれないだろう。三十分や一時間は待たされるのを覚悟しなければなるまい、と私は思った。あんなこと、頼まなければよかったな、とも思ったが、もう頼んでしまったのだから仕方がない。私は覚悟をきめて、椅子に腰をおろすと、十八世紀フランスの好色小説アンソロジーを膝の上にひろげて、ぱらぱらとページをめくった。今度はヴィヴァン・ドノンでも読むとするか。……

ドノンの奇妙な小説『明日なき恋』は、『恋人たち』という題名で、フランスのルイ・マル監督によって映画化されたことがある。ご存じの方も多いだろう。私は何年か前にも一度読んだことがあるが、その細部をあらかた忘れてしまっていた。ただ、その心理描写や自然描写に、十八世紀のその他の群小作家たちには見られない、非常に新鮮な感覚の筆致があって、その印象が私の頭に焼きついているのだった。かつて読んだ小説の美点を、ふたたび読みながら再認してゆくというのは楽しいものである。

語り手の青年は、或る伯爵夫人に首ったけになっており、その日も劇場のボックス

で、むなしく彼女がくるのを待っている。と、隣のボックスから、伯爵夫人の親しい女友達であるT…夫人が声をかけてきて、「ひとりではお退屈でしょう？　こちらのボックスへいらっしゃいませな」と言う。これが一夜の異常なアヴァンチュールの発端である。

オペラの第一幕が終ると、夫人は早々に青年を立ちあがらせて、劇場を出、自分の馬車に彼を乗せてしまう。行く先は、彼女が五年前から別居しているという夫の家である。彼女の言うところによると、夫とのあいだに和解が成立したのだが、二人きりで会うのは気づまりなので、貴方がいてくれるとありがたいのだ、と。おかしな役割だが、夫人の態度があまりに確信的なので、青年も次第に陽気になってくる。馬車はどんどん夜のなかを走る。すぐに郊外である。同じ窓から夜景を楽しんでいると、馬車が揺れるので、つい二人の顔が近づいて……

ドアにノックの音がした。「失礼します」と言って、メイドが部屋にはいってきた。

「あの、テレビが映らないんでございますか」

「そうじゃないんだよ。ただ君がつけてくれればいいんだよ」

私はいささかうんざりして、椅子にすわったまま、不機嫌にテレビを指さした。実際のところ、だんだん小説のほうが面白くなってきていたので、もうテレビなんかどうでもよかったのである。

メイドはテレビに近づいて、しきりにスイッチをひねったり、カチャカチャと廻したりしている。中腰になって、ミニ・スカートの尻をこちらに突き出すような姿勢だ。

「やっぱり故障してるのかしら。つきませんね……」

「そうかい。何とかしてくれよ」

私は上の空で答えて、ふたたびヴィヴァン・ドノンの小説の世界へ没入して行った。

馬車はやがて、宏壮な邸の前庭に着いた。邸の前には、元気のない様子をした彼女の夫が立っていて、儀礼的に二人を迎えた。夫人が青年を紹介する。邸のなかは豪華で洗練されている。食事が出される。食事が終ると、夫はどういうわけか……

「お客さま、お客さま」

不意に、遠いところから聞えてくるような、かぼそい女の声が私を現実に呼びもどした。

見ると、テレビの四角い画面に、ぼうと明かりがついている。その四角い、いくらか張り出したガラスのうしろに、さっきのメイドが閉じこめられて、いたずらっぽく笑っている。まるでガラスの箱のなかの小人のようである。その小さな彼女の唇が動いて、

「ひとりではお退屈でしょう？　こちらのボックスへいらっしゃいませな」

と言うのを耳にしたかと思うと、テレビの明かりがふっと消え、私は相変らず部屋

にひとりでいる自分に気がついた。本は足もとに落ちていた。

流行歌あれこれ　みゅうじっくたいむ2

私は、最近の流行歌をほとんど知らない。その理由は、わが家でテレビを見るという習慣が全くないからである。

だから近頃、私が流行歌を聞くチャンスに恵まれるのは、深夜、バーでお酒を飲んでいる時と、たまたまタクシーのなかで、運ちゃんがラジオのスイッチを入れた時、それから仕事や旅行でホテルに泊った際、退屈しのぎに備えつけのテレビのチャンネルをまわす時ぐらいのものである。これでは聞いてもすぐ忘れてしまうのは当り前だ。

しかし昔の流行歌ならば、掌を指すがごとくに知っているつもりである。またまた話が古くなって恐縮であるが、戦後の流行歌のなかで、私がいちばん好きなのは、かの菊池章子の歌った「こんな女に誰がした」というやつだ。それから西田佐知子の「アカシアの雨が止むとき」なんかも、まあ好きな方だ。どちらも暗い、投げやりな調子の歌である。

〽星の流れに身を占って
　どこをねぐらの今日の宿……

と低く歌い出すと、たちまち私は、あの焼け跡の闇市の時代、カストリとパンパンとチャリンコとシューシャイン・ボーイの滅茶苦茶な時代を、瞼の裏にまざまざと思い浮かべるのである。あれこそは、私たちの青春の黄金時代であった！

しかし、そもそも流行歌なるものは、明るく建設的な歌よりも、暗くて、投げやりで、絶望的で、涙がいっぱいの歌の方が、ずっと私たちの琴線にふれるのではないだろうか。たぶん、そういう歌の方が、過ぎ去った時代の真実を、よりよく私たちに伝えてくれるのでもあろう。そういえば、ダミアや淡谷のり子の歌ったシャンソンやブルースなども、みんな暗くて、絶望的で、涙がいっぱいの歌ばかりだったようだ。

本誌にもよく登場する詩人の富岡多恵子と、たまたま会合で一緒になって、彼女がお酒にほんのり頬を染め出す頃になると、私は「おい、お多恵さん、今夜はめっぽう色っぽいぜ。ここでいっちょう、美空ひばりをやっておくれよ」とけしかける。すると、この昭和十年代生まれの、ミニスカートの颯爽とした女流詩人は、やおら立ちあがって、眼を半ば閉じるや、

〽笛にィー浮ゥかァれてさかだァーちィすゥれェばァー
やァーまァが見えェまァす、ふるゥさァとォのォー……

と得意の一節を披露するのである。

彼女の言によれば、このひばりの「越後獅子」は、「泪なしには聴けない」歌なのだそうだ。やはり本誌でお馴染みの作家の森茉莉さんが、この歌いまくる富岡多恵子の艶姿につくづく見惚れて、「芥川龍之介の『南京の基督』の小さな娼婦の如くだった」と書いたのは、今から二年ばかり前のことである。

事のついでに、この私の流行歌仲間（?）である富岡多恵子の「はやりうた」に関する意見を次に引用しておこう。

「はやりうたは、ぜったいに湿気いっぱいのセンティメンタルなものにかぎり、それも、めちゃめちゃうまくうたわれたものしか、思い出にも歴史にもならない」と彼女は断言している。たしかに、これは事実が証明しているので、私にも異論の余地のあろうはずがない。

前にも書いたように、私は最近の流行歌ならびに流行歌手をぜんぜん知らないので、富岡多恵子をはじめとして、一緒にお酒を飲む若い女性の友人が、やれ西郷輝彦がどうの、布施明がどうのと目の色変えて騒いでいるのを眺めると、むやみに腹立たしくなって、つい東海林太郎やディック・ミネや灰田勝彦を、大声はりあげて歌い出したくなってしまうのである。すると彼女たちはげらげら笑って、「澁澤さん、嫉妬してるわ」などと言うのだから、始末がわるい。

ごく最近気がついたことは、拙宅へくる若い編集者（これは男性である）のあいだに、高倉健の「唐獅子牡丹」を愛唱する者が急激にふえている、ということだ。任俠の世界に郷愁を感じる若者たちの心情は、むろん、私にも理解のできないことではないが、残念ながら、まだ私は「唐獅子牡丹」をおぼえていない。うまく私に教えてくれる先生がいないのだ。

そこへ行くと、同じ編集者でも女性の方は親切で、

〽そよ風みたいにしのぶ
あの人はもう
わたしのことなどみんな
　忘れたかしら……

という甘い歌を、すっかり私が歌えるようになるまで、一晩がかりで懇切丁寧に教えてくれた人があった。もっとも、テレビを見ない私は、この歌が何という題の歌で、

何という歌手が歌っているのか、いまだに知らない有様なのである。

書物

毎年、梅雨の季節がやってくると、わが家の書斎の四方の壁を埋めつくした書棚の本に、黒い粉末のような黴がうっすらと生えはじめる。どういうわけか、日本の本にはあまり生えないで、とくに仮綴のフランスの本によく黴が生える。

わが家は北鎌倉の山の岩壁に接して建てられているので、普段でも湿気が多く、黴が生えること自体はべつに不思議でも何でもないが、どうして日本の本には生えずに、フランスの本にばかり生えるのか、私には、それが不思議で仕方がない。

つらつら考えると、これはやはり乾燥した風土のヨーロッパから、はるばる船に積まれて、湿気の多いモンスーン地帯の日本へ運ばれてきたためではないか、と思わざるを得ない。おそらく紙や糊の性質が、日本のそれとはいくらか違うのであろう。いわば耐性がないので、黴に対して弱いのではあるまいか。人間でも、水が変ればお腹をこわしたりする。それと同じことなのかもしれない。そうとでも考える以外に、考えようがないのである。

私はティッシュ・ペーパーを手にして、ガリマールやプロンやジョゼ・コルティやアルバン・ミシェルやガルニエ（いずれも出版社の名）の本の背表紙に浮き出した、煤のような黒い黴を片っぱしから拭き取ってゆく。すっかり拭き取って、さあこれで安心だと思っていると、二、三日して、また黴がうっすらと現われていることがある。しつこいもので、まるで追いつ追われつの競争である。

書庫には、数年前から除湿器というものを設置しているが、これを一晩フルに活動させると、朝になって、一升近くも水が溜まるのだから驚いてしまう。この一升の水が空気中に拡散しているのかと思えば、黴の生えるのも無理はないという気がするほどだ。

著述業者の家に本がふえてゆくのは当然で、今さら吹聴すべきことでもあるまいと思うが、それでも私は深夜、鰻の寝床のような狭い書庫で調べものなどをしているとき、もし突然、ここで地震でも起ったら、おれは頭上から落下してくる本の重量に押しつぶされて、完全に死ぬ以外にはないな、と空想して、空恐ろしくなることがある。といってもまあ、私の家にある本の量などは高が知れている。

中島敦の短篇小説に、万巻の書を読破した古代アッシリアの大学者が、たまたま自宅の書庫の中にいるとき、ニネヴェ地方を襲った大地震に際会し、落下するおびただしい書物（数百枚の重い粘土板）に押しつぶされて死ぬという物語があったのを思い出すが、しかし実際のところ、本に押しつぶされて死んだというひとの話を、まだ私は寡聞にして知らないのだ。私は大学者ではないし、学者でさえないから、たぶん本で圧死するという空想は杞憂にすぎず、万が一にも、そんな死にざまをさらすことはあるまいと考えたい。それに第一、本に押しつぶされて死ぬなんて、カッコ悪くてかなわないではないか。

他人からは学者と呼ばれることもあり、また私の肩書はフランス文学者ということになっているらしいから、時に私も学者のはしくれかと気づかせられることがないでもないが、自分では学者と考えたことは一度もない。学問をしているという意識はまったくないからだ。それでは何か、と開きなおられても困るが、まあ自分ではエッセイストということにしている。ほんとうは、明清や江戸の先人をしのんで古めかしく随筆家を名のりたいのだが、これでは世間になかなか通用しないし、そこまで己惚れるつもりもない。

「随筆の骨法は博く書をさがしてその抄をつくることにあつた。美容術の祕訣、けだしここにきはまる。三日も本を讀まなければ、なるほど士大夫失格だらう。人相もまた變らざることをえない」

右は石川淳さんのエッセーのなかの文章だが、ここには、身辺の雑事を漫然と書き流したものをもって随筆と考える、世の一般の随筆概念とはいくらか違った随筆概念がある。別の個所で、石川さんはさらに言う。

「一般に、随筆の家には缺くべからざる基本的條件が二つある。一は本を讀むといふ習性があること、また一は食ふにこまらぬといふ保證をもつてゐることである。本のはなしを書かなくても、根柢に書巻をひそめないやうな随筆はあさはかなものと踏みたふしてよい。また貧苦に迫つたやつが書く随筆はどうも料簡がオシャレでない」

私が随筆家を名のりたいと思うものの、とてもそれだけの己惚れはないと言ったとの意味が、これでお分りであろう。ただ、あくせく原稿を書いて身すぎ世すぎしながらも、本を読んでオシャレをしたいという気持だけが、恥ずかしながら、私に随筆家ならぬエッセイストを僭称させているのである。

それにしても、石川淳さんの好んで語るところの、本を読むことを美容術の秘訣と見なす中国経由の思想は、まことに私にとっても好ましいものだ。もし私のつらつきが少しでも悪くなったら、それは本を読むことを怠ったためと考えればよい。見栄っぱりだから本を読むのか、本を読むから見栄っぱりなのか、そんなことはどちらでもよいだろう。とにかく、つらつきを云々されるのは決定的で、かなわないという気がする。もう手遅れかもしれないが、せいぜい鏡をのぞくことにしたい。

こう書くと、もうこのエッセーは終ったようなもので、あとは書くことが何もなくなってしまう。

今、この原稿を書いているのは四月下旬の或る日の午前四時すぎだが、わが家の近所の山で、トラツグミがしきりに鳴いている。いきなり話題を変えて恐縮であるが、残された余白をふさぐために、このトラツグミという鳥について語りたい。これも私の深夜の読書生活と、切っても切れない関係にある時節の景物だからだ。

トラツグミは別名ヌエとも言って、日本の古典文学にはよく出てくる名前であるが、それが北鎌倉のわが家のつい近所の山に棲息していて、毎年のように、その特徴的な鳴き声で、私の耳を楽しませてくれようとは、近年にいたるまで思いも及ばなかった。ふとしたことから、それがトラツグミだと知って以来、その鳴き声を聞いた日時を、私は忘れずに手帳に書きとめておくことにしている。

明け方に近く、ヒョー、ヒーという声がする。物寂しい笛のような声で、思わず私は読書をやめ、その鳴き声に耳をすませる。ああ、今年もトラツグミの季節になったな、と思う。ヒョーと鳴くのが雄で、ヒーと鳴くのが雌だそうである。雌雄が呼び交わすように、四、五秒の間を置いて、ヒョー、ヒーと鳴く。わが家に近づいたり、離れたりする。

ひとしきりトラツグミが鳴くと、やがて夜が明けはじめる。明るくなったら、もう絶対にトラツグミは鳴かない。今度は小鳥たちの声がかしましくなる番だ。牛乳配達の自転車と、瓶のぶつかり合う音が聞えてくる。さて、おれもそろそろ寝るとしようか、と私はひとりごちて、ウイスキーの瓶とグラスを台所へ取りにゆく。これが私の日常生活だ。

手紙を燃やす

雑誌の連載をやっていると、一年のたつのが非常に早く感じられる。ついこのあいだ始めたばかりだと思っているうちに、もう最終回がきているという次第で、文字通り、あっという間に一年が過ぎてしまう感じなのだ。

私は毎年、歳末になると、その年に自分のところへきた手紙を整理して、焚火で燃やすことにしている。私信のほかに、展覧会の案内状や宣伝のパンフレットが一年間でおびただしい量になるが、それらに火をつけると、なにか特殊な印刷インクでも使われているのだろうか、パチパチ……ポンポン……と景気のいい音がして、青い焔が出たりすることがある。絵葉書の写真がめらめらと燃えあがったりするのも、おもしろい眺めである。

焚火の火をかき立てながら、私がいつも頭のなかで思うことは、こうして毎年毎年、自分が同じことをしているということだ。去年も、一昨年も、その前の年も、自分がまったく同じ姿勢で、棒をもって火をかき立てながら、庭の一隅で手紙の山を燃やしていたということだ。私はパジャマの上にガウンを着て、足にはサンダルを突っかけている。その恰好も、毎年毎年、判で押したようにまったく同じなのである。

世の中にはいろんなことが起っており、私の生活にも、大なり小なり変化があったはずなのだが、こうして一年の締めくくりとして、手紙を燃すということにおいては、じつになんの変化もない。飽きもせずに同じことを繰り返している。それがどうも妙なことのように思われて仕方がない。

「年々歳々花相似たり、歳々年々人同じからず」というが、人間にも花に似たようなところがあって、自分では気がつかないが、同じようなことばかりやっているのではないかと思ってしまう。

そういう私だから、時事的なことや、アップ・ツー・デートなことを書くのはどうも苦手で、この「今月の日本」にしても、一年間をどうして持たせようかと少なからず心配したが、やってみると意外に筆がすらすら動き、とうとう今月で無事に最終回まで漕ぎつけてしまったというわけである。

考えてみると、昭和五十四年の終りは一九七〇年代の終りで、来年からは、いよいよ一九八〇年代がはじまることになる。

しかし八〇年代といっても、私にはべつになんのイメージも思い浮かびはしない。ただ一九八六年、すなわち昭和六十一年に、ハレー彗星がふたたび地球に接近するということを知っているだけだ。これは物理的必然であって、世界のどこで革命が起ろうと、どこで戦争が起ろうと、そんなことには左右されない現象なのである。

思わず昭和六十一年と書いてしまったが、この年まで昭和の年号がつづくかどうか、八卦見ではあるまいし、そんなことが私に予測できる道理はない。昭和でなくなっている可能性も大いにあると考えなければならないだろう。

これを要するに、昭和の年号などよりもハレー彗星のほうが、よっぽど確かな存在だということだ。「今月の日本」などと称して、ちょこまかした浮世の移り変りなどを気にしているのは、じつにどうも、ばかげたことだと思わざるをえないではないか。

新聞を見ると、中央アフリカでは、悪業を重ねたボカサ皇帝というのが失脚して、かわりにダッコ大統領というのが立ったそうである。しかも驚いたことに、首都バンギ郊外にあるボカサの別邸内の冷蔵庫から、ばらばらに切断された四体の死体が発見されたという。このナポレオン気どりの前皇帝は、夜な夜な人肉を食っていたのであり、当地の住民のあいだでは、このことは周知の事実だったともいう。

私があきれて、このショッキングなニュースを女房に告げると、彼女は少しも騒がず、こういったものである。

「へえ。やっぱり人食い人種だったのかしら。」

なーるほど、と私は思った。そう考えれば、なにも不思議なことはないわけである。

なにも驚くことはないわけである。人食い人種が人を食うのは、あたり前だからだ。

そういえば、戦前までは人食い人種という言葉は大っぴらに使われており、たしか平凡社の百科事典の戦前版にも、人食い人種という項目があったという話を聞く。さすがに現在の大百科にはないが、そのかわりカニバリズムという項目があって、「最近まで食人習俗の行われた地域は、西部および中央アフリカ」とちゃんと書いてある。表現は変っても、書いてあることは同じなのである。

どうか誤解しないでいただきたいが、私はなにも、ボカサ前皇帝の属するアフリカの一部族を、人食い人種ときめつけようというのではない。ただ、ボカサ前皇帝の蛮行は、これを個人の狂気と見るよりも、むしろ近代化によっても根絶しえなかった一つの習俗と見たほうが、真相に近いのではないかと思うのである。たかが五十年や百年で、人間はそれほど変らないということをいいたいのである。「年々歳々花相似たり」で、政治的社会的変化はあるとしても、人間には花のように、容易には変らない部分がある。変ると思うのは私たちの幻想である。それを私はいいたかったのである。

ずいぶん妙な話になってしまったが、人食い人種という言葉には滑稽な響きがあって、じつは私はこの言葉が好きなのである。いっぺん使ってみたかったので、こんな文章を書いてしまったのかもしれない。

今年も私は、例のごとく歳末になったら、去年とまったく同じ恰好をして、たまった手紙を燃やすことであろう。焚火の煙のなかに、永劫回帰のような、めくるめく感じを味わいながら。

記憶の中の風景

変化する町

住宅情報を提供している雑誌から、「あなたの住みたい町」というテーマをあたえられて、私はとっさに、戦災で焼けるまで住んでいた滝野川中里町の名をあげてしまった。広い東京の中で、私が知りつくしている町は、ここよりほかになかったからである。

ほんとうのことをいえば、私は現在住んでいる鎌倉から動きたいとは思っていない。引越し魔ということばがあるとすれば、私は完全にアンチ引越し魔であって、ひとたび腰をおろしてしまった場所から、ふたたび腰をあげるのが億劫でたまらないというタイプだからである。

もちろん、せいぜい半年かそこらならば、たとえばヴェネツィアあたりに住んでみたいという気がおこらないわけではない。しかしそれもホテル暮らしで、あくまで旅情を味わうためである。決してそこに永住したいという気があるわけではない。

一年に二度ばかり京都へ行くのが習慣となっているが、これだって、ホテルに泊って気ままに遊びあるいているからこそ楽しいのであって、あんなところに住みたいとは一向に思わない。洛北の草ぶかいところに庵をむすんで……などと考えるのは文学的空想というものだろう。

昭和二十年四月十三日の空襲で焼けるまで私の住んでいた滝野川中里は、しかし、いま行ってみると、閑静だった昔日のおもかげはなく、ただ駒込駅のツツジだけが戦前と同じく、駅の両側の土手にびっしりと植わっているのを見ることができるのみだった。

滝野川中里というのは、山手線の駅名でいえば田端と駒込のちょうど中間、田端の高台と本郷の高台のあいだに挟まれた谷間のような地域だと思えばよいであろう。駒込駅東口の改札口は、いまでは電車の線路より低いところにあり、ガードの上を電車がはしっているが、昔はそうではなかった。改札口は駅のホームにあって、ホームから二三段おりるとすぐ、左右に踏み切りがあり、駅へ行くには必ず踏み切りを通らなければならなかった。私はいつも、東口を出て右側の踏み切りをわたり、日枝神社の石垣の下の坂道を通って家へ帰った。この道が、いま探してみると、どうしても分らない。

どうやら昭和二十年の戦災以後、道筋も町並みも大きく変ってしまって、昔の感覚では、現在のこのあたりの地理は類推のしようもなくなっているらしいのである。

なつかしいはずの中里をあるいていても、私はまるで異邦人のように、まったく見も知らぬ町をあるいているような気分にしかなれないのだった。

昔のおもかげをほぼ完全にとどめているのは、神社と寺のみであった。八幡神社や円勝寺の前にくると、私はほっとして、子どものころ、よくここで遊んだりしたことを思い出すのだった。

その日、私の中里探訪に同行したのはカメラマンのT氏と、雑誌社のひとと、私の妻であったが、私は彼らに気づかれないようにしながらも、ともすれば浮かぬ顔をしている自分を意識していた。私の卒業した滝野川第七小学校も、ちゃんと同じ場所に再建されてはいるのだが、校舎にも運動場にもまるで昔のおもかげはないので、なつかしいなどという気分にはなりようがないのである。

もっとも、これは東京の多くの場所で、多くのひとが感じている気分であろうと私は思う。戦災でいちめんの焼野原となってしまった町を、もう一度昔のままに再建しようとするには、東京の町はあまりにもごみごみしていたし、何の秩序もなかった。とてもヨーロッパの町のように、再建すべきメリットはなかった。だから変化して当然といえば当然だったのである。

私はそんなことを考えながら、昔は赤トンボがいっぱい群れていた鉄道線路ぎわの坂道をぼんやり眺めていた。

駒込駅、土手に咲くツツジの花

戦後四十年、すっかり鎌倉に住みついてしまって、もう今さらどこへ移りたいとも思わないが、それでも私には神奈川県人という意識がまるでなく、自分はあくまで東京人だと思っている。昭和二十年四月十三日に空襲で焼けるまで、滝野川（現在の北区）の中里町というところに住んでいたからだ。

しかしお断わりしておくが、東京人と自負したところで、私は現在の東京、とくにオリンピック以後の東京をほとんど知らず、ひとりでは地下鉄にも乗れない始末である。ときどき鎌倉から横須賀線で東京へ出かけるが、昔のように市電があったらどんなに楽だろうと思うほどだ。そんな旧式の東京人だと思っていただきたい。

田端駅を出た山手線が大きくカーブして駒込駅に近づく寸前、左側の車窓、つまり山手線の内側を眺めると、ちらりと屋根だけ見える小学校がある。これが滝野川第七小学校で、私は四歳から十七歳までの十三年間、この近くに住んでいた。

省線を利用するなら駒込駅、市電を利用するなら田端銀座を突っ切って、あるいて神明町車庫前まで行くという具合だった。

近ごろ、下町ということばをやたらに拡大して使うひとがあって、この滝野川のあたりまで下町だと思っているひとがいるらしいが、もちろん、このあたりは下町ではない。昭和七年に東京市に合併されるまでは、このあたりは村だったのである。近くに六義園や古河庭園、飛鳥山や染井墓地があって、何となく江戸以来の別荘地みたいな雰囲気がのこっている閑静な土地である。

実際、明治の実業家澁澤榮一、古河市兵衛、大川平三郎などの邸宅が滝野川にあったことは周知であろう。大川平三郎は私が子どものころ死んだが、聖学院中学の隣りにあった邸宅での葬儀には、当時の財界のお歴々がことごとく集まったものである。

小学校に入学したのが昭和十年、支那事変のはじまる直前だから、私の学校時代は戦争の連続だった。私の家のすぐ裏は鉄道線路で、崖の下を汽車がはしっていたから、出征兵士をはこぶ汽車が通るたびに、いそいで下駄を突っかけて駆けつけて、日の丸の旗をふりながら万歳万歳と連呼したものであった。

土手に咲くツツジの花の美しい駒込駅は、この昭和十年代には、じつにしっとりとした趣きのある駅だった。今はガードの下を通るようになっているが、そのころは踏み切りで、駅の近所に商店は一軒もなかった。日枝神社の下の暗い坂道には本沢歯科医院があり、その前を通ってしばらく行くと、中里というお菓子屋がある。これだけは今でも残っており、名物の南蛮焼も健在なのは嬉しい。

線路の向う側には養老院があって、空襲のとき、ここに収容されている老人の幾人かは、けむりに巻かれ、どぶの中で悲惨な死をとげた。私は空襲の翌日、まっくろな枯木のようになった老人の死体をいくつも見たことをはっきりおぼえている。

このたび、写真家の高梨さんといっしょに駒込の周辺をあるきまわって、私がいちばんがっかりしたのは、中里橋から富士見橋へとつづく坂道の崖っぷちにも、橋の上にも、びっしりと網が張りめぐらしてあって、眺望が完全に遮られているということだった。これでは写真も撮れやしない。坂の多い東京の町は、高低があって見晴らしがおもしろいのである。それを遮ってしまうとは、いかに安全のためとはいえ、無風流もはなはだしいではないか、と私は思った。

その反面、同じ坂道の途中に、昔ながらのカラタチの垣根がのこっていて、青い実をつけているのを発見したときは嬉しかった。

私の日本橋

こんなことは自分から得意然と吹聴すべきことではなく、むしろ他人から指摘されるまで、だまっていたほうが粋ではないかと思うのだが、だれもそれを言ってくれるひとがいないので、あえて自分から言うことにしよう。いやなに、べつに大したことではありません。私はもう二十年このかた、年賀状は日本橋の榛原（はいばら）製を使うことにきめているのだ。

ささやかなブランド志向というわけである。

毎年、師走の風が吹きはじめるころになると、私は年中行事のように、あの古風な「はいばら」の重いガラス扉を押して、しずかな店内に入り、

「ええと、今年は黄色だったから、来年は緑色にでもするかな……」

そんなことをつぶやきながら、妻とともに、色とりどりの和紙のはがきを選ぶのである。

私が「はいばら」のファンになったのは、父の影響によるといってもよいだろう。

私が小学生のころといえば昭和十年代だが、そのころ、父は丸の内の銀行に勤めていたから、よく「はいばら」の丸ビル支店で文房具などを買ってきてくれたものであった。そんなことから、「はいばら」の名前は私の耳に親しくなっていたのである。なつかしい昭和十年代。「今日は三越、明日は帝劇」ということばが、まだ生きていた時代である。

実際、母はよく三越へ買物に出かけたもので、そんなとき、私はせがんで一緒に連れて行ってもらうのが何より楽しみだったものだ。

そのころ私の一家は滝野川に住んでいたから、日本橋の三越へ行くには、まず山手線の駒込駅から上野へ出る。上野で地下鉄に乗りかえて、三越前で降りるというのが最短コースだった。

地下鉄は当時、浅草〜新橋間、それに新橋〜渋谷間しか走っていなかったといえば、戦前を知らない若いひとは驚くだろうか。つまり現在の銀座線一本きりで、それが東京の北から南へすーっと走っているだけだったから、簡単といえばこれ以上に簡単な路線は考えられなかった。

それにつけても思うのは、現在の東京の地下鉄の言語に絶する複雑さである。私には、とても自分ひとりで地下鉄をうまく利用することなど今では思いも及ばない。東京の地下鉄よりも、むしろパリの地下鉄のほうが私にはずっと分りやすいくらいである。

こんなことを書けば、「なにを言ってるんだ。フランスかぶれめ！」と思われるかもしれないが、そうではない。私はパリなんか少しも好きではないが、あの地下鉄の分りやすさだけは、日本の鉄道も見習ってもらいたいものだとつねづね思っているのだ。

ちょっと話が脱線するけれども、お許し願ってパリの地下鉄のことを書いておこうか。

パリの地下鉄の駅には、どの駅にも大きな路線図があって、私たちが行きたいと思う駅名のボタンを押すと、その路線図にぱっと明りがついて、路線名と乗り換えの駅名とが一目で分るような仕掛けになっているのである。

しかも構内を歩いてゆくと、いたるところに矢じるしとともに路線名が大きく書いてあるから、それに従って歩いてゆけば、どんなぼんくらでも、まず絶対に行先を間違えることはないのである。

もっとも、東京都内の交通機関はもっぱら通勤客のためにあるのだから、私のようなふりの客のために、わざわざ電気のつくフランス式の路線図などを設置する必要はないのかもしれない。

話をもどそう。今はどうか知らないが、少なくとも私が子どものころは、デパートの屋上が子どもの遊び場みたいになっていて、そこで木馬にのったり自動車にのったりして遊ぶのが一つの楽しみになっていたような気がする。

簡単な動物園みたいなのもあって、たしかに上野の松坂屋の屋上には、ガラスの水槽のなかにカワウソが飼われていたのをおぼえている。浅草の松屋の屋上には、空中ケーブルカーがあって圧巻だった。

日本橋の三越では、きまった日にパイプオルガンの演奏があって、私は階段の途中などで背のびしながら、それをしばしば眺めていたものだった。

空にゃ今日もアドバルーン

こんな唄がはやっていたころで、実際、電車で都心に近づくと、あっちにもこっちにも窓からアドバルーンの揚がっているのが見えたものである。思えばのんびりした時代だった。

三越のほかには、日本橋界隈のデパートには高島屋と白木屋があって、白木屋は例の昭和七年の火事のあとの再建であった。わざわざ説明するまでもあるまいが、白木屋の火事といえば、私たちは反射的にズロースを思い出す。そのころはパンティーなどというものはなかったのである。

戦争中に死んでしまったが、私の母方の祖母はちゃきちゃきの日本橋ッ子だったから、ことば使いなんぞも特徴的だったのを子ども心におぼえている。ゴハン（御飯）などとは決して言わず、祖母はきまってゴゼン（御膳）と言ったし、便所のことは必ずオチョーズバ（お手水場）と言っていた。これが一般的な東京ことばかどうか、私には何とも断言いたしかねるが、とにかく祖母はそう言っていたのである。

私が土いじりで泥だらけの手をしていたりすると、

「おやおや、たいそう綺麗な手をしておいでだね」

そんな言い方をしたものだった。「非常に」とか「大変」とかいう意味の副詞として、「たいそう」ということばを祖母はよく使ったものだが、考えてみると、これは昔の東京者がじつに頻繁に使ったことばだった。

今の若いひとは「とても」などと言うが、私はこの品のいい「たいそう」を、もう一度ぜひ復活させたいと思う。

神田須田町の付近

いまは路面電車は廃止されて通っていないが、かつて都電が東京の街をはしっていたころ、神田須田町の停留所は都電の交叉点に位置していて、よく乗換えのために乗ったり降りたりしたものであった。戦前には、近くに広瀬中佐の銅像が立っていて、子どもの私は電車で通るたびに、ちらりと窓から銅像を眺めなければ気がすまなかったものである。

その須田町の交叉点に、戦前から万惣という大きな果物屋があることを御存じの方も多いだろう。いや、戦前どころか、万惣は江戸時代の末からつづいている老舗だそうで、私は去年の秋、その四代目の当主から突然の手紙を頂戴した。

卒爾ながら、このたび創業百四十年を記念してアルバムを出したいので、御著『ドラコニア綺譚集』に載っているサン・タマンの訳詩「メロン」をぜひアルバムに転載させていただきたく、よろしく御配慮をお願いしますといった趣旨の鄭重な文面であった。

万惣主人からの手紙を読むと、私の眼前に、遠い日々の思い出が雲のごとくもやもやとひろがり出した。

私は戦後ずっと鎌倉に住んでいるので、いまでは須田町のあたりを通ることもめったになくなってしまったが、戦災で焼けるまでは東京の滝野川にいたので、あのあたりは何ともなつかしいのである。

滝野川といっても私の住んでいたのは駒込の近くだったから、都電に乗るときはいつも神明町車庫前から乗った。神明町から数えて、駒込動坂町、道灌山下、駒込坂下町、団子坂下、駒込千駄木町、根津八重垣町、逢初橋、池ノ端七軒町、東照宮下、上野公園、上野広小路、黒門町、末広町、旅籠町、万世橋ときて、その次が須田町であった。

初夏の候など、赤と白の布の日除けを軒に張り出して、緑したたる色とりどりの果物を店先にならべた万惣は、いかにも明るく涼しげであった。立派な店だから、梶井基次郎の『檸檬』の果物屋とはまるで雰囲気がちがうが、いずれにせよ果物屋の店というのは好ましいものである。

小学校上級生のころ、須田町に近い万世橋にあった満蒙学校というところへ、私はよく教師にすすめられて、模擬試験を受けに行ったものであった。

須田町の隣りの淡路町にはシネマ・パレスという小さな映画館があり、もう戦争もだいぶ激しくなって、すでに私たちは中学生になっていたが、しばしば級友と連れだって、そこへ洋画を観に行ったことをおぼえている。

お茶の水の坂の途中から名倉の角を曲って連雀町へ出ると、シャンソンを聞かせる「ショパン」という古い喫茶店があり、戦後の昭和二十三、四年ごろ、よくそこへ通ったのもなつかしい思い出である。

こんなことを書いていたら切りがないが、神田須田町の周辺は、いまでも古い東京のおもかげが残っている地域で、私の個人的な思い出も、考えてみると、そのあたりにずいぶん多く残っているのに気がつくのである。

ちなみにいえば、私が万惣主人から乞われた詩「メロン」の作者サン・タマンというのは、フランス十七世紀の飄逸な詩人である。よっぽど食うことが好きなひとだったらしく、この「メロン」のほかにも「チーズ」だの「大饗宴」だの「食いしんぼう」だのという詩を書いている。

私が拙訳「メロン」を転載することを快諾したのは申すまでもあるまい。やがて送られてきた万惣創業百四十年の記念アルバムは、なかなか凝ったもので、目を楽しませる果物の美しい写真が満載されていた。

東勝寺橋

もう今の若いひとは知らないだろうが、神西清という典雅な文人がいて、亡くなる昭和三十二年まで、二階堂の奥にひっそりと住んでいた。このひとが昭和十一年十一月の日記に「東照寺橋のほとり、滑川《なめりがわ》もっとも美わし、黄葉多く、水は妙に冷たく澄んでいる」と書いている。この東照寺橋（正しくは東勝寺橋であろう）のほとりの一軒の借家に、私は敗戦直後の昭和二十二年から昭和四十一年まで、二十年近くも住んでいたことがある。

東勝寺橋の手前には、例の青砥藤綱が銭十文を落したという石碑が立っていて、たしかに神西さんのいう通り、この橋の上から眺める滑川の風景は美しかった。樹々の枝が水の上に張り出していて、とくに新緑の候、黄葉の候がよい。私は知らないが、たぶん戦前の昭和十一年にはもっと美しかったにちがいない。

私の家は川に面した二階屋で、二階のガラス戸をあけると、いつでもその美しい滑川の風景を眺めることができた。ずいぶん古い陋屋で、トタン屋根の上にはぺんぺん草がはえており、二階で貧乏ゆすりをすると、ぐらぐら棟ごと揺れるような安普請だったが、滑川の景観にめぐまれているところだけが取柄で、五月の候なんか、家ぜんたいが若葉の緑につつまれたような感じになる。

夜、二階で寝ていると、ぼちゃぼちゃと川の中をあるいているひとの水音が聞こえてくることがあった。懐中電灯をもって、ウナギを獲っているのである。台風になると川の水がふえて、どうどうと音を立てて逆巻く。水があふれやしないかと心配したことも一度ならずあった。

夏の夜なんか、川に面した窓のガラス戸に、ぴたっと吸盤で吸いついて、黒いヤモリが二、三匹、室内の灯に誘われる虫をねらっていることもあった。樹が多いから虫も多かったのである。鳥もよく来たもので、ベランダの手すりにフクロウがとまって鳴くこともあった。

私が二階の窓からのぞいていると、ベレー帽をかぶって、ひょろひょろと背の高い青年が、自転車に乗って、東勝寺橋の上をさっと走りすぎることがあった。若き日の立原正秋で、彼はそのころ、東勝寺橋の奥に住んでいたのである。立原正秋がベレー帽をかぶっていたというと、疑わしそうな顔をするひとが多いが、これは本当のはなしである。少なくとも昭和二十年代の立原は、私の記憶にあるかぎり、着物なんぞ着ていたことは一度もなかった。

私と立原とは、家の近所でもよく顔を合わせたし、駅前のマーケットの飲み屋なんぞで同席することもしばしばだったが、ついに一度も口をきかなかった。おたがいに顔は知っていたのに、名のり合うことをしなかった。若い時分には、よくあることである。

かように立原には縁がなかったけれども、滑川のほとりの私の家には、妙にひとを惹きつけるものがあったらしく、八畳の二階にはいろんな人物が次々にあらわれた。三島由紀夫や横尾忠則がきたこともあり、池田満寿夫や唐十郎がきたこともある。三島さんを別とすれば、多くはまだ無名か、さもなければデビューしたばかりの連中で、めんめん私の家にあつまっては、夜を徹してとめどもなく酒を飲んだものだった。今ではとても考えられないが、そんな時代があったのだ。

昭和四十一年に北鎌倉に移るまで、私はこの東勝寺橋のたもとの家で、どれだけ多くのひとと語らい、どれだけ多くのひとと酒を酌み交わしたことであろう。よくまあ、あんながたぴしした家が、これだけの人数の重みを支えたものだと思うほどである。

東勝寺橋をわたって奥へはいり、トンネルのある山を越せば、やがて名越の町に出る。いつだったか、新宿あたりで西脇順三郎さんとお会いしているとき、ふと私は思い出して、

「先生の『旅人かへらず』のなかに、たしか名越の山々ということばが出てきました

っけね。名越のあたりはよく御存じなんですか」

すると耳の遠い先生のおっしゃるには、

「え、名古屋？　私の詩には名古屋なんぞ出てきませんよ」

これには私も閉口して、二の句が継げなかったのをおぼえている。

藤綱と中也　唐十郎について

戦前から鎌倉に縁の深かった小説家の故神西清氏が、昭和十一年十一月の日記に、「東照寺橋のほとり、滑川《なめりがわ》もつとも美はし、黄葉多く、水は妙に冷たく澄んでゐる」と書いているが、その美わしい滑川の東照寺橋（正しくは東勝寺橋）のほとりの借家に、私は終戦後ずっと、二十年近くも住んでいた。二階で貧乏ゆすりをすると、ぐらぐら棟ごと揺れるほどの、文字通りのあばら家で、トタン屋根の上には本当にペンペン草が生えていたのだから、まるで嘘みたいな話である。

この鎌倉の私の茅屋には、ひとを惹きつける不思議な魔力があったらしく、天才や豪傑や奇人や美男美女が雲のごとく集まった。大げさに言えば、六〇年代のアングラ文化の一部がここで形成されたとも言えるのである。ようやく状況劇場の活動が軌道にのり出した頃の唐十郎も、六〇年代の後半、ある日、この家に現われた人間のひとりであった。

初めて我が家へ現われた唐十郎に、私は二階の窓から、すぐ目の下に見える滑川の流れを指さして、「あれが滑川だよ。今は水も少ないけれどね、颱風になると増水して、あふれそうになるんだ。ほら、太宰治の『新釈諸国噺』にも出てくるでしょう。例の青砥藤綱という朴念仁がお金を落したのは、伝説によると、あのあたりなんだ」と説明した。まるで観光バスのガイドのようである。

私と違って戦後育ちの唐十郎は、青砥藤綱なんか名前も知らないらしく、「へえ」とか何とか、気のない返事をしていた。

ここで、唐十郎と同じく戦後育ちの若い読者のために、ちょっと青砥藤綱という人物について説明しておくならば、彼は鎌倉幕府に仕えた役人で、夜、滑川に落した銭十文を拾うために、五十文で松明十把を買って、大ぜいの人夫をやとって川を探させたというエピソードの持主なのである。ひとが笑って、「十文の銭を拾うのに五十文出すなんて、損ではないか」と言うと、藤綱は、「いや、川の底に沈んだ金は永久に失われてしまうが、商人に支払った五十文の金は、天下に通用しているから、大きな目で見れば損ではないのだ」と答えたという。要するに、青砥藤綱とは、天下の財を大切にすべきことを身をもって示した、戦前の修身教科書的な人物だと思えば間違いないであろう。

太宰治は『諸国噺』のなかで、この堅苦しい、勤倹節約的な人物を大いにからかっているのである。

実際、私の家の前の東勝寺橋のほとりには、ここで青砥藤綱がお金を落したということを指示する、おそらく昭和の初め頃に建てられたとおぼしい、記念の石碑まで立っていたのだった。もちろん、歴史的根拠は何もない。そもそも藤綱という人物自身が、実在を疑われている伝説的な人物なのである。

まあ、そんなことはどうでもよろしいが、私はざっと以上のようなことを、唐十郎に語って聞かせてから、座敷に坐ってお茶を一杯飲み、それから今度は一転して、中原中也の話をしはじめた。

「中原中也はね、死ぬ少し前、鎌倉のこの近くをうろうろしていたんだよ。中也の親友がすぐそこの寺にいたんです。中也が最後に頭がおかしくなって死んだ病院も、この近くにありますよ。中也が小林秀雄と一緒に眺めたという、大きな海棠のある寺は、ちょっとここから遠いけれどね。」

私がなぜこんなことを唐十郎に話したのかというと、彼が以前から中原中也に関心があるらしいことを知っていたからである。唐十郎は次のように書いている。

「中原の表現したものは、詩とも、意志とも、精神ともいい難い、怨恨の肉化とでも名づけたいものになっているのかもしれない。」

唐十郎が初めて我が家へ現われた日、私は彼と酒を飲みながら何を話したか、十年近くも前のことなので、もうすっかり忘れてしまっているが、ただ、そのとき話題になった藤綱と中也のことだけは、いまだに記憶にとどめているのである。そして、それには理由があるのだ。

ところで、今まで書いてきたことは前置きであって、じつは、これからが私のこの文章の本題なのだと言ったら、はたして読者は驚くであろうか。前置きばかりがやたらに長くて、本題がほんの数行という有様では、まことに申しわけないような気がするけれども、まあ、その点は平に御容赦願いたい。

私の家で酒を飲んでから、しばらく経って唐十郎に会うと、驚くなかれ、彼はこんなことを言い出したのである。

「あのネ、澁澤さん、鎌倉のお宅の前にある、中原中也が財布を落したという川ね、あれ、何ていう川でしたっけね？」

私は開いた口がふさがらなかった。

唐十郎は、青砥藤綱と中原中也のエピソードを完全に混同し、私の話を勝手に継ぎはぎにして、何と言おうか、自分の愛する叙情詩人に関する、一篇の美しい幻想的なロマンのごときものを、すでに頭のなかで、でっちあげてしまっていたらしいのである！

お断わりしておくが、私はここで、唐十郎の妄想性のイマジネーションを笑っているのではない。それどころか、このことを思い出すたびに、私の胸は感動に打ち震えるのである。もしかしたら、唐十郎の天賦の才は、このような自分のでっちあげた夢のなかに、魚が水のなかに棲むように、いとも易々と棲めることではないだろうか、とさえ私は思うのである。

鎌倉のこと

古い話で恐縮だが、昭和二十年の空襲で焼け出されて、東京から鎌倉に移ってきたので、私はもうかれこれ四十年近く鎌倉に住んでいることになる。いや、もっと正確に書けば、鎌倉には戦前から私の祖母や伯父が住んでいたので、私は小学校に入学する以前から、しょっちゅう横須賀線で鎌倉に遊びにきていた。昭和十年代前半の鎌倉を、少年の目でつぶさに眺めていたというわけである。

しかし現在、鎌倉の町もすっかり変ってしまった。つい数年前までは、いたって静かな町だったのに、どういう風の吹きまわしか、今では行楽シーズンにどっと観光客が押し寄せてきて、鎌倉の住民はおちおち散歩もできず、車を出すこともできなくなってしまった。雑誌のグラビヤには、やれどこのお寺が結構だとか、やれどこのお店が美味だとか、やたらに紹介記事が目につく始末で、古くからの鎌倉の住民は狐につままれたような気分である。

私は明月院の近くに住んでいるが、あじさいの季節には道路も押すな押すなの雑踏ぶりで、うっかり自家用車でも出そうものなら、「まあ、こんな人混みに車を乗り入れるとは、なんて非常識なひとでしょう」と観光客から文句をいわれる。冗談ではない、私たちにとっては生活のための道路である。観光客に道路を占領されて、車も出せないようではたまらない。

そんなわけで、私は現在の騒然たる鎌倉については、とても書く気がしないのだ。書くならば、私の記憶のなかに美しいイメージとして残っている、静かな昔の鎌倉について書きたいと思う。この気持、どうか分っていただきたい。

さて昔の鎌倉であるが、あれは私が八つか九つのころだったから、たしか昭和十一、二年ではなかったかと思う。夏休みに鎌倉へ行くと、駅前に大きなテルテル坊主が飾られているので、これは何事かと、びっくりしたことがあった。おそらく鎌倉カーニバルのために、市民がこぞってお天気を祈願していたのであろう。

ひっそりした駅前の広場に、夏のぎらぎらした陽に照らされて、大きな白い紙のテルテル坊主がぬっと立っているすがたを、私は今でもありありと思い出すことができる。

やはり同じころだと思うが、材木座の海岸に栈橋が設置されて、そこから小さな遊覧船が発着していたことがあった。遊覧船は浦島丸と乙姫丸で、船底をガラス張りにして海中をのぞけるような仕掛けに造ってあり、船客がのぞくと、海中に飛びこんだ海女が泳いでいるすがたが見える。私も手すりから身を乗り出して、海中をのぞきこんだ記憶があるが、なんだかガラスがぼんやり曇っていて、よく見えなかったようにおぼえている。

　今では材木座も由比が浜も、高速道路ができたために砂浜がめっきり狭くなってしまったから、とてもこんなことをやるだけの余裕はないだろう。とても考えられないことではある。

　鎌倉山に鎌倉山ロッヂという、いかにも昭和初年のモダン建築らしい、しゃれた木造のホテルがあったことも忘れがたい。小さいながらダンス場やバーがあり、階段の途中にはステンドグラスのはめこまれた窓があって、芝生のテラスからは片瀬の海と江の島を見わたすことができた。石川淳の初期の『白描』という小説（昭和十四年）に、この鎌倉山ロッヂが出てくることを付言しておこう。

　由比が浜の海浜ホテルは終戦の年に焼けてしまったが、この鎌倉山ロッヂは戦後まで残っていて、私も何度か泊ったことがある。七月十四日、ここで仲間とともにパリ祭を開催し、夜を徹してどんちゃん騒ぎをしたこともある。たまたま撮影のために来日していたフランスの映画人が宿泊中で、日本の若者がパリ祭をやっているのを、ふしぎそうに眺めていたのを思い出す。イヴ・シアンピ監督といっしょに『忘れ得ぬ慕情』を撮るために来日していた録音技師のルネ・サラザンさんというひとだった。

終戦後まもなく、若宮大路の郵便局の隣りの空き地に、オゾナーと呼ばれた野外の映画場ができて、夏の夜など、私たちは団扇でぱたぱた蚊を追いながら映画を観たものであった。野外だから、もちろん夜でなければ興行はできない。あれも今ではなつかしい思い出である。

病床にて

体験

——きみも年だな。今までは、けっして自己告白ということをしない男だったし、おれもそういう男として、長いこと、きみを見てきたわけなんだが、最近では、やたらに自分の体験をぶちまけているようじゃないか。これも心境の変化というやつか。

——ははあ、そう見えるかね。そう見えるとすれば、はなはだ心外です。心境がどう変化しようと、おれにとっては、そもそも体験なんていうものは何の意味もないのだから。世の中には、むろん、いろいろな体験があるだろうさ。たとえば冬の夜、道頓堀を歩いていると、突然、モーツァルトの交響曲のテーマが頭の中で鳴り響くというような体験もある。パリに住んで、毎日毎日、ノートルダム寺院を眺めているというような体験もある。ところがおれには、そんな立派な体験は一つもありゃしない。いったい、きみ、おれがいつ体験を語ったというのかね。

——まあ何も、そう最初から喧嘩腰になることはあるまい。なるほど、立派な体験は、きみにはふさわしくないかもしれない。おれが言っているのは、ごく日常的な体験ということさ。

——だからさ、そんなものはおれにとって、存在しないも同然の、夢みたいなものだと言ってるのだよ。いや、夢にくらべては、もったいないね。夢のほうが、ずっと値打ちがあるような気がする。たとえば結婚という一つの体験をするためには、一生涯、独身を通すという体験を、一つ失わなければならぬ。結婚とは、独身体験の喪失の上に成立するところの体験だろう。一つ体験をするためには、必ず一つ体験を失わなければならない。プラス、マイナス、ゼロというわけで、どこまで行っても体験の数は永遠に変らない。

——へんな計算だな。そうすると、子供から大人になるまで、体験の数はふえもしなければ、減りもしないということになってしまう。そんな馬鹿なことがあるだろうか。どうやら物理学上の永久機関の理論のように、そいつは眉唾物ではないかという気がする。それに、量的な見地ばかりでなく、質的な見地も必要ではないかと思うがね。

——それこそ眉唾物さあね。多くの女と接触して、人生の知恵を深めるやつもいるだろうし、いくら接触しても、相変らず馬鹿なやつもいるだろう。あるいは脳梅になって気が狂うやつもいるだろう。気が狂うのが悪いというのではないよ。たった一度の接触で、病気をもらってしまったニーチェのような例もある。あっぱれなものだ。

ジョルジュ・バタイユを中心とした「罪について」という討論会の幕切れで、「ニーチェはトリノでもまだ笑っていただろうか」という疑問を呈したガブルエル・マルセルに対して、「私はその時こそニーチェは笑っていたと思う」とバタイユは敢然と答えている。これにはおれも感動したね。おれも前から、そう思っていたのだ。

——なるほど、トリノのニーチェか。話が大きくなってきたな。まあ、その調子でやってくれ。

——十三世紀の鎌倉時代は、仏教哲学が日本の土着世界観の現実主義を打ち破って、超越的な傾向を示した思想史上でも稀有な時代だった。加藤周一さんの文学史に、ちゃんとそう書いてあります。

——これはまた、藪から棒に何の話だい。

——いや、今の話のつづきだよ。この鎌倉時代のえらい坊さんのなかでも、おれはとりわけ明恵さんが好きなんだが、すでに辻善之助以来の定説になっているように、彼は一生不犯だったという。つまり女の体験のない、童貞だったわけだな。

——うん、きみが明恵さんを好きだというのは、よく分るよ。

——彼はたいへんな美男子でね、いろんな女から惚れられるが、その都度、偶然の事件によって童貞の危機を切り抜ける。しかし、おれの思うのに、明恵さんは本質的にエロティックな気質のひとだな。夢のなかでは、いつも仏眼仏母の姿を見ていたのだし、聖フランチェスコのように、海のなかの魚や石にまで愛情をそそぐのだから。常住坐臥、このひとは努めて夢をみていたのだ。おそらく、このひとにとって、夢のなかの体験は、あらゆるやくざな日常の体験を越えるものだったにちがいあるまい。

——それを言いたいために、わざわざ鎌倉時代に話をもってきたわけか。しかし一生不犯ということならば、道元だって同じじゃないかね。

——たぶんね。

——身心脱落というのは、強烈な体験だろう。

——だからさ、結局、日常の体験をぜんぶ追っぱらってしまえば、その空白に、ほんとうの体験がはいってくるんだろう。真空掃除器のなかに吸いこまれるゴミみたいにね。ほんとうの体験は、体験のないところに成立する。体験とは、体験しないことなのだ。

——やれやれ、きみの体験ぎらいも相当なものだな。とうとう詭弁によって、体験しないことが体験だという結論を引き出しちまった。まあとにかく、処世のために役立つような体験が、ほんとうの体験ではないということについては、おれも賛成だがね。

——そんな次元の低い話をしたつもりはないんだが、まあいいや。そのへんでやめておこう。だいたい、おれは体験ということよりも、むしろデジャ・ヴュ（既視感）

ということを重んずる人間なんだよ。どんな新しい体験でも、過去に一度、それを体験したことがあるのではないかという、根強い固定観念が心の底にあるね。心理学上のデジャ・ヴュ現象とは、哲学上のプラトニズムにぴったり対応するのではないかと思うのだが、どうだろう。

——いかにもきみらしいアナロジーだが、それはどうかな。それではジャメ・ヴュ（未視感）は、アリストテレス主義に対応するとでもいうのかね。

——どんなものでも、初めて見たり聞いたりするのだという意識が、いわゆるジャメ・ヴュ現象だな。それで思い出したが、こんな言葉があるよ。「思ひ出してゐるのではない。モオツァルトの音楽を思ひ出すといふ様な事は出来ない。それは、いつも生れた許りの姿で現はれ、その時々の僕の思想や感情には全く無頓着に、何といふか、絶対的な新鮮性とでも言ふべきもので、僕を驚かす」

——ふーん、それはまさに典型的なジャメ・ヴュだ。

——誰の文章だか知ってるかい。

——知らないけど、たしか三十年ほど前に読んだことがあるような気がする。ええと、待てよ……

——はっは。きみもどうやらデジャ・ヴュのほうらしいね。

妙な考えごと

妙なことにひっかかる性癖がある。

おそらく、これは誰にでもあることだろうが、たとえば人の名前を忘れたり、ある熟知の文章が、どの書物のどのページにあったかを失念したりすると、べつにそれが差迫って必要だというわけでもないのに、これを徹底的に捜索して、最後に首尾よく発見するまでは、どうしても気が済まないということがある。

そのためには、やりかけの仕事も一時中止しなければならず、かたっぱしから本をひっくり返さなければならないので、都合が悪いことおびただしい。

また、それとは少し違うが、一つのことを考え出すと、どうしても途中でやめられなくなってしまう、ということもある。

べつにむずかしいことを考えるわけではない。たとえば、私はよく口のなかで、次のように呟いていることがある。カササギ（鵲）、アララギ、ミササギ（陵）、ムササビ、マタタビ……

まんなかの二字が同音で重なるような、四字の名詞を思い出すのである。もっとないだろうか、と一生懸命に考える。一つ見つかると、またさらに考える。

ヒモロギ（膰）、スメロギ（皇）などは似ているけれども、もちろん失格である。ホトトギスなども、五字だから駄目である。マタタキ（瞬き）、キツツキなどは、ちょっと見ると合格のようだが、動詞から転じた名詞だから、これも駄目である。オモモチ（面持）は合成語だから、イササカ（聊）は副詞だから、いずれも失格である。

これらの合格した単語においては、まんなかの二字の母音が必ずaで、最後の一字の母音が必ずiであるのも面白い。その理由は私には分らないが、何か音韻論上の法則性が働いているのかもしれない。

いずれにしても、妙なことを考える癖があるものである。

都心ノ病院ニテ幻覚ヲ見タルコト

昨年（昭和六十一年）の九月八日から十二月二十四日まで、ほぼ三ヵ月半にわたって私は東京都内の某大学病院に入院して、思ってもみなかった下咽頭腫瘍のための大手術を受けたものであるが、いま、自分の病気について書く気はまったくない。そもそも私は闘病記とか病床日記とかいった種類の文章が大きらいなのである。そんなものを書くくらいなら死んだほうがましだとさえ思っている。ただ、はなしの都合上、病気のことにふれないわけにいかないから、いくらかふれることをお許しいただきたい。自慢するわけではないが、十一月十一日に行われた私の手術は朝の八時半からはじまって、ようやく終ったのが午後の十一時半であったから、えんえん十五時間を要したわけであり、麻酔学の発達した今日でなければとても考えられないような、文字通りの大手術であった。体重三十七キロにまで瘦せてしまった私が、はたして十五時間の手術に堪えられるかどうか、執刀する医師たちはあやぶんだそうである。自分でも、よく生きていたなと思う。手術が終ったとき、「シブサワさん、シブサワさん……」

と看護婦たちに連呼されて、私はぼんやり目をあけたが、なんだか遠い遠い国から帰ってきたような、ひどく疲れた気分が体内にのこっていた。

あとで聞いたはなしだが、看護婦に名前を呼ばれて目をさましたとき、私はベッドに寝たままの姿勢で、いきなり目の前の看護婦のひとりの手をとると、これを自分の唇に押しつけたそうである。ふざけて看護婦の手にキスをしたのだそうである。そのあと、ただちに私はふたたび吸いこまれるように深い眠りに落ちてしまったから、そのときの自分のふるまいについてはまるでおぼえていない。おぼえていないが、そういわれてみれば、そんなことをしたような気もしないではない。一種のサービス精神かもしれないが、私には、ときあって、そういう愚かなまねをする癖があるということを自分で承知しているからだ。あんなにくたくたに疲れていても、そういう癖がつい出たのかと思うと、われながらおかしな気がする。

こんなことを語るつもりではなかった。じつは私は入院中、これまで自分にはさっぱり縁のないものとばかり思っていた幻覚を、初めてまのあたりに見た体験を語りたかったのである。幻覚体験、これこそ入院中のもっとも印象的なエピソードだった。

気質というか体質というか、幻覚を見やすいひとと見にくいひとがいることは当然であろう。私は怪異譚や幻想譚を大いに好む人間だが、それでいて、あきらかにタイプとしては幻覚を見にくい部類の人間に属していると自分では信じていた。生れてから一度として、幽霊もおばけも見たことがないのである。たとえばメリメのように、鷗外のように、私は怪異譚や幻想譚を冷静な目で眺めることを好んでいたし、げんに好んでいるわけで、ネルヴァルのような譫妄性の幻覚には自分はまったく縁がないと思っていた。しかし薬物の作用というのはおそろしいもので、私は否も応もなく、まざまざと幻覚を見させられてしまったのである。

いうまでもあるまいが、以下に私が語ろうとしている幻覚の体験は嘘いつわりなく正真正銘のもので、けっしてロマネスクに粉飾したり修正したりしたものではない。これは小説ではなくて、あくまで私の体験記なのだということをふたたびここに強調しておこう。

手術が終ると、私はただちに私の個室にはこびこまれ、そこで二三日、うつらうつらと夢と現実のあいだに意識をあそばせていた。つまり二三日ばかりは意識が完全に正常にはもどらなかった。すでに手術はとっくに終っているのに、私は何度となく夢うつつの境で「さあ、これから手術だぞ。用意はいいかな」と自分で自分にいい聞かせ、そのたびに「あ、そうか。手術はもう終っていたんだっけ」と気がついたりしたものである。時間が混乱して、手術の前の時間が思いがけなく私の意識の表面に飛び出してきたりするのである。どういうわけか、そのことに気がつくと、私は非常にさびしい気持がしたということを告白しておく。

前に「遠い遠い国から帰ってきたような、ひどく疲れた気分」と書いたが、実際、手術の完了を軸として、あたかも回転ドアをぐるりとまわしたように、私はまったくちがった時間の支配する領域へ迷いこんでしまったような気がしたものであった。ビルの十一階にある私の個室は白い壁の四角い部屋で、一方に窓があり、室内にはベッドや机や冷蔵庫が置いてあるだけのものだったが、手術ののち、ふたたび同じ部屋へもどってくると、それがまるで別の部屋のように見えて、おやと思うこともしばしばだった。「おれはいままでこんな部屋に寝ていたのかな」と狐につままれたような気がする。二ヵ月も寝ていた部屋なのに。

時間の混乱とは関係ないが、初めて鏡で自分の顔を見たときもショックだった。これがおれの顔か、と思ったものである。それは手術のためにみにくくふくれあがって、以前の私のすっきりした面貌とは似ても似つかぬものとなっていた。南無三宝、私は鏡をほうり出して目をつぶった。

さて、そうしてうつらうつらしながら無為の時間をすごしていたとき、ある夜、私は看護婦から痛みどめの薬をもらった。点滴で注入してもらったのである。ある夜と書いたが、正確にいえばその日は手術後三日目である。なにしろ肝心の咽頭および喉頭をはじめとして、食道の大部分、それに腸の一部分を切っているので、切ってから二三日してもなお、じわじわと痛みがからだじゅうに沁みわたってくる。それを緩和するために薬をもらったわけだが、あとで聞いたところによると、それはソセゴンという名の一種の麻薬で、ひとによっては幻覚を生ずる場合もあるということだった。どうやら看護婦はこれを独断で私にあたえたらしいので、後日、そのことが病院内で問題になったようだ。しかし私には彼女を責める気は少しもない。生れて初めての幻覚体験を味わわせてくれたというだけでも、むしろ彼女には感謝すべきではないかと思っているほどだ。そうではあるまいか。

薬の注入後三十分ほどして、いろんな幻覚が次々にあらわれ出した。

まず最初の徴候は、部屋の天井だった。前にも述べたように、私の個室は清潔なホテルの一室を思わせるような、まっしろな壁の新しいモダンな建築で、新しいから壁にも天井にも染みだの汚れだのはほとんどない。それなのに、天井いちめんに地図がびっしり描きこんであるように見える。よく見ると東京都の地図らしく、何々区というような文字が記入してあるのまで見える。私はふしぎに思って、面会にきていた妻に、声が出ないから筆談で、

「おい、天井に地図が描いてあるだろう。おかしいな。どうして病院の天井に地図なんか描いてあるのかな。」

妻はおどろいて、

「え、地図。地図なんか描いてないわよ。あなた、目がどうかしたんじゃないの。」

しかし妻にいわれても、天井の地図は一向に消えない。そのうちに、天井にはまっている細長い蛍光灯の枠に、やはり文字があらわれ出した。ゴシック体の活字でカンディンスキー、モンドリアンと書いてある。文字の色はあざやかな桃色である。

私はまず最初、つやつやした蛍光灯の木製（あるいはプラスチック製か）の枠に、鏡のように文字が映っているのだろうと思った。そういえば机の上に新刊の美術雑誌が置いてある。美術雑誌の表紙に刷られた文字が、蛍光灯の枠に映っているのだろう。しかし妻に持ってこさせた美術雑誌を手にとって見ても、カンディンスキー、モンドリアンなどという文字はどこにも刷られていなかった。これもあきらかに私の幻覚より以外のものではなかったようだ。

個室の天井には、蛍光灯のほかにも換気孔だの火災報知器だのスプリンクラーだの、そのほか得体の知れない装置がいろいろ取りつけてある。その多くは円いかたちをして、いくらか天井から出っ張っている。これらの装置が、やがて少しずつ動き出したのには私もおどろいた。

あるものは、舞楽の蘭陵王そっくりなおそろしい顔になり、ひたと私のほうをにらみながら、その首をぐっと伸ばしはじめた。首はどこまでも伸びるかに見えたが、一定の長さに達すると、ぴたりととまった。そして、いつまでも私のほうをにらんでいる。ときどき、その首ががくり、がくりとゆれる。気味がわるいったらない。

また別の装置は、私の家にある刺身を盛るための大皿とそっくりになった。京都の古道具屋で買った皿で、青い色で焼きつけた山水画ふうの模様までがそっくりそのまま再現されている。どうしてこんなところに刺身の皿なんか出てくるのだろうと、解しかねる気持でいっぱいだったが、出てきたのだから仕方がない。無意味といえばこれほど無意味な幻覚はなく、しかもそれがあきれるほどリアルなので、ただただ私はぽかんとして天井を眺めているよりほかはなかった。皿は天井にぴたりと貼りついて、いつまでも動かなかった。

ここでちょっと注釈しておけば、これらの幻覚は細部にいたるまで、じつにリアルに具象的に再現されていて、あいまいな部分やぼんやりした部分は一ヵ所もなかった。蘭陵王にしても刺身の皿にしても、目の底にくっきりと灼きつくほど、なまなましい現実感と存在感にあふれていたのである。幻覚はまた、ときに万華鏡のように華麗で美しくさえあった。

たとえば、こんな調子である。天井から透明な紙を切りぬいた、クラゲのようなかたちのものがいくつとなく降りてきて、きらきら光りながらあたりいちめんに浮遊する。それこそカンディンスキーの絵のようであり、あるいは水族館の中の光景のようである。そうかと思うと、巨大なクモあるいはカニのような生きものが、その節くれだった黒い脚で天井をのろのろ這いまわっているような、まこと気味のわるい光景も見られた。

ところで、これまでの幻覚はすべて外部に投影されたイメージであったが、それとは別に、いわば内部に投影されたイメージともいうべき種類の幻覚もあった。つまり、目を閉じると瞼の裏にあらわれてくる幻覚である。どちらかといえば、私には、この瞼の裏に執拗にあらわれてくる幻覚のほうがいっそう不快であった。これに似た幻覚は、前に気管切開のために局部麻酔をしたときに見たことがあった。しかし前のそれと決定的にちがっていたのは、今度のそれが、圧倒的にイメージが豊富であるということと、ただただ不快感をもよおすだけの、ぶきみなイメージに終始していたということである。あんなに不快なイメージを私はそれまで見たことがなかった。

それでは具体的にどんなイメージかというと、これが非常に説明しにくいのである。まあ何とか私の筆で説明してみよう。

あるときは、インドのカジュラホかエローラの寺院の浮彫のように、半裸の男女がごちゃごちゃとからまり合っているかと思うと、急に場面が変って、猥雑な東南アジアか香港あたりの市場のような風景になったりする。それでも、ごちゃごちゃと人間が密集し雑踏していることに変りはなくて、彼らは口々に何か叫んだり笑ったりしている。すると、また急に場面が変って、今度は江戸時代の錦絵の中の相撲とりのような、畸形的にふくらんだ肉体の男どもがぞろぞろあらわれる。彼らの顔は、それぞれじつにリアルで、いやらしいほど精力的である。それがまた変って、次にはぶよぶよしたラクダのような、牛のような、何とも気味のわるい不恰好な動物の一群があらわれる。動物かと思うと、それが女の顔をしていて、ひとをばかにしたように、にやりと笑ったりする。場面が変って、次にはどてらを着たやくざ者のような男どもがあらわれ、下半身をあらわにして、男同士で猥褻な行為をする。また場面が変って、今度はどこかの市場の中の店であり、店の女の売り子が耳ざわりな大声あげて、なにとも知れぬ品物を私に売りつけようと躍起になったりする。

こんなことを書いていたら切りがないが、実際、切りがないほど次々に場面が変って、思いがけない方向にどんどんイメージが展開するのである。しかも、それがことごとく私にとってはひどく不快なイメージなのだ。

目をつぶれば、否も応もなく瞼の裏に不快なイメージが見えてくるので、その晩、ついに私は眠ることをあきらめ、朝まで目をあけていることにした。それでも明けがた近く、さすがに疲れ切って、いくらか眠ったらしい。

こうして最初の晩がすぎて、翌日の朝になると、もう私は幻覚に悩まされることもあるまいと思った。ところが、それは甘い見通しだった。しつこいもので、薬物の効果はまだつづいていたのである。

朝、天井を見ると、またしても昨夜と同じ蘭陵王がぐっと鎌首をもたげて、私のほうをにらみながら伸びてくる。刺身の大皿も、相変らず天井にへばりついている。どういう理由によるものか分らぬが、幻覚のイメージは昨夜とまるで同じだった。もっとも、最初のうちこそ気味がわるくてやり切れなかったが、これらの幻覚には私も急速に慣れてしまって、やがて平気になった。蘭陵王よ、いつまでも勝手ににらんでいるがいい。おれは平気だぞ。私はこころの中で、こうつぶやいていた。むしろ私を恐怖させたのは、二日目にあらわれた次のごとき新たな種類の幻覚である。

それは幾何学的幻覚とでもいったらよいだろうか、それともトポロジカルな幻覚というべきか、四角い私の個室が九十度だけ傾斜するのである。つまり、それまで水平な床であった面が、いつのまにか垂直な壁の面に変っているのだ。ふっと気がつくと、私のベッドは垂直な壁面に宙吊りになっている。私は前方へつんのめって、ベッドからころがり落ちそうになる。非常な不安感で、思わず、あっと声をあげそうになる。そういうことが何度かあって、私はその都度、肝を冷やしたものだ。

薬を注入してから三日目になっても、幻覚はまだつづいていた。さすがに目をつぶるとあらわれる、猥雑な男女の乱交シーンのごとき不快なイメージは下火になって、ほとんどあらわれることがなくなったが、それでもまだ、小さな幻覚の徴候は頻々とあらわれて、私をおびやかした。

部屋が乾燥するので、加湿器というものが置いてある。水蒸気を霧のように室内に噴出する器具である。この部屋に常時ただよっている水蒸気の霧が、あたかも白いレースのカーテンのように見えて、風をはらみつつ、私のほうにぐんぐん迫ってくる。思わず手をあげて、目の前まで迫ってきたカーテンを振りはらおうとしたことも再三であった。何もない空間を手で振りはらってから、「あ、これはカーテンじゃない、水蒸気なんだ」とようやく気がつくのである。

こんなこともあった。部屋の一隅にあるロッカーに、ハンガーで私のガウンが吊るしてある。そのロッカーの上には、ドライフラワーの花束がのせてある。夜なんか、ひょっと目をさますと、このドライフラワーが、ガウンを着た巨大な人物の醜怪な顔のように見えて、私をおびやかす。私はロッカーのほうを見ないようにして眠ることにしたものだ。

こんなことを書くと、それは単なるストレスによる神経過敏の症状にすぎなくて、幻覚などといった大げさなものではない、という意見を出すひとがいるかもしれない。事実、私が最初の晩、見たばかりの幻覚の症状を若い当直の医師にうったえると、彼は平然としてそのように答えたのである。しかしストレスだなんて、嗤うべき意見である。私は確信をもっていうが、あんなに鮮明なイメージを伴う幻覚が、ストレスなどというあいまいな状態から生ずるはずはなく、これはあきらかに薬物による一時的な中毒以外の何ものでもないのだ。そういえばアルコール中毒の幻覚も、私が見たそれにかなり似ているのではないだろうか。

ただ病院では、このことをあまり表沙汰にしたくないらしく、私に対しても、最後まではっきりした説明をすることを避けていたように見受けられた。私がソセゴンという薬品の名前を知ったのも、看護婦のひとりがつい口をすべらせたからで、病院のほうから正式に知らされたわけではないのである。

幻覚は四日目までつづいて、五日目からはぴたりとあらわれなくなった。いくら天井を見つめていても、もう蘭陵王のおそろしい顔はするすると伸びてこないし、刺身の大皿も出現しない。地図がびっしり描きこんであるように見えた天井も、ただの白い平面にすぎなくなった。やっと薬のききめが完全に切れたのであろう。

もはや幻覚に悩まされることがなくなると、からだじゅうに大小八本の管を通して、じっと仰向けに寝ていなければならなかった私は、本を読むこともできないので、退屈のあまり、これからの自分の号を考えることにした。手術のとき声帯を完全に切除してしまったので、私にはもう声を発することができなくなっている。荷風が断腸亭と号したように、あるいは秋成が無腸と号したように、私もこれからさき、無声あるいは亡声と号すべきではないか。しかしどうも、この号は平凡であまりおもしろくない。魚には声がないから、魚声居士という号はどうか。いや、これもやはり気に入らない。とつおいつ考えた末に、ひらめくものがあって、私は呑珠庵という号を思いついた。

私が咽頭に腫瘍を生じたのは、美しい珠を呑みこんでしまったためで、珠がのどにつかえているから、声が出なくなってしまったという見立てである。そこで呑珠庵。あるいは呑珠亡声居士でもいい。私は子どものころ、あやまって父親の金のカフスボタンを呑みこんでしまったことがあるので、この見立てはますます自分の気に入った。あのスペインの放蕩児ドン・ジュアンに音が似ているところも、わるくないと思った。

ただ、幕末の漢詩人に日柳燕石というものあり、このものが呑象楼と名のっていたことを思い出して、私はちょっと気になった。呑象楼と呑珠庵。なんだか似ているような気がしたからである。しかしまあ、似ていたって別にかまわないじゃないか。燕石は四国のやくざの親分で、脱藩した高杉晋作を自邸にかくまったほどの豪気な男である。号が似ていれば、私はこの男の豪気さに多少なりともあやかることができるかもしれない。そう思って、私は個室のベッドに仰向けに寝たまま、呑珠庵の号を今後の自分のために採用することにきめたのだった。

穴ノアル肉体ノコト

男性には一般に、のどにノドボトケという突起物、すなわちヨーロッパでいうところの「アダムの林檎」なるものがあるが、私には、それがなくなってしまっている。そうして、のどの下のあたり、ちょうど左右の鎖骨のあいだに、ぽかりと一個の穴があいている。この穴によって、もっぱら私は呼吸をしているのである。

人間は一般に鼻の孔で呼吸をしており、鼻の孔から気管、肺とつながっているわけであるが、私は手術によって気管の途中に穴をあけ、鼻からの通路を断ち切り、その穴から呼吸をするようにしてしまったために、もはや一般人のように、鼻の孔で呼吸をするということはできなくなってしまっているのだ。

呼吸をしない鼻の孔とは、そもそも何であろうか。無用の長物にすぎない。つまり私にとって、鼻の孔は何の役にも立たず、顔のまんなかに蟠踞している鼻なるものは、単に美学的な意味においてのみ存在を主張しうるにすぎないものとなっているのだ。

しかし一般人には、かかる理窟がなかなか呑みこめないもののごとく、私に向って、なぐさめ顔に、こんなことをいうひとがいる。

「でも、その穴は一時的なもので、いずれはふさいでしまうのでしょう。」

私は声が出ないから、筆談をもって次のように答える。

「いや、そうじゃないんです。私が生きているかぎり、この穴はいつまでも、あけっぱなしのままですよ。ふさいだら死んでしまうのですから。」

実際、この穴をふさいだら、私はたちどころに窒息してしまうにちがいない。ふさがなくても、たとえば水などが侵入してきたら一大事である。風呂へはいるときにも、私はよくよく注意して、お湯が鎖骨の線よりも上へは来ないように気をつけている。もし酔っぱらって風呂へはいり、そのまま前後不覚に寝てしまって、お湯がぶくぶく穴から侵入でもしてこようものなら、私はそれっきりお陀仏であろう。

そのかわり、鼻の孔や口をふさがれても、私は平然たるものであろう。暴漢に襲われて首を締められても、さらに痛痒を感じないであろう。これらはメリットともいうべきものだが、逆に困ったこともないわけではない。なにより私にとって残念でたまらないのは、自殺の中でもっとも安易な手段というべき、あの首吊り自殺が私には永久に不可能になってしまったという一事である。

たとえぶらりと縄にぶらさがっても、その縄が私の首をきりきりと締めつけても、私は一向に息苦しくはならないであろうし、一向に死にはしないであろう。なぜなら、首の下のほうに口をあけた穴によって、私はひそかに呼吸をつづけていられるからである。

首吊り自殺の縄にぶらさがったはよいが、いつまでも死ねずに生きているというのは、まさに喜劇以外の何ものでもないのではなかろうか。

それにしても、だれにでも実現可能な、いちばん手軽な自殺の方法である首吊りが、私にだけは奪われているというのは、どう考えても不公平なような気がしてならないのであるが、どんなものだろうか。

さて、こうして私は腫瘍の手術以来、のどの穴とともに生き、のどの穴とともに暮らしてゆかねばならぬ運命を甘受しているわけだが、それにはそれ相当の苦労があるということも知っておいてほしいことの一つである。いや、べつだん苦労というほどのものではないが、毎日の管理、毎日の保護がなかなか面倒なのである。

まず冬は乾燥しやすいから、この神経質な穴には、たえずネプライザー（吸入器）によって適度な湿気をあたえておくようにしなければならない。そうして穴の周辺を清潔にしておいて、穴にはガーゼの前垂れをかける。冷たい外気に直接ふれさせないためである。ちょうど鼻の孔に鼻毛というものがあって、外気の直接の侵入を防いでいるように、この穴にもガーゼの遮蔽物が必要とされるのである。

穴とともに生きるようになってから、私には鏡を見る機会がめっきりふえた。つねに身辺に小さな鏡を用意しておいて、やれ穴から痰が出ていはしまいか、やれ穴の周辺が汚れていはしまいかと、気にしなければならなくなったためである。ダンディーは鏡とともに生きるとボードレールはいったものだが、いかに鏡をひねくりまわしたところで、のどに穴のあいたダンディーでは、どうもあまりぞっとしないであろう。まあ仕方がない。

ときどき左手に鏡をもち、右手でガーゼの前垂れをめくっては、私は自分ののどにぽっかり口をあけた、奇怪な穴をしげしげと眺めてみる。そのたびに、「やれやれ、これがおれの肉体か」という思いを禁じえない。あの十八世紀のラメトリの『人間機械論』を思い出すが、まさに私の肉体は機械以外の何ものでもなくなってしまったような気がするのだ。いや、機械どころか、首から胸にかけて走っている手術のための無残な瘢痕を見れば、むしろフランケンシュタインといったほうが適切であろう。すでに私は人造人間に近いと思わざるをえないのだ。

ごく若いうちから、私には、人間の肉体は一個のオブジェにほかならないという思いが強かったものだが、いま、五十代のおわりになって、私はそのことを身をもって証明したかのような、ふしぎな気持にとらわれている。もしかすると、私の肉体は私の思想を追いかけているのかもしれない。ふっと、そんな気のすることがある昨今だ。

穴のある肉体。男は女よりも肉体における穴の数が一つだけ少ないが、どうやら私は新たにうがった穴によって、女にひとしい穴の数を所有することができたともいえそうである。両性具有。私ののどの穴は、もしかしたら女陰の代替物なのかもしれない。私の潜在的な両性具有願望の、はからずも実現されたすがたなのかもしれない。そういえば、私には男性の象徴たるノドボトケも、すでに失われているのである。

鏡を見つめながら、私は自分の肉体をめぐる妄想にのめりこんでゆく。首から下はほとんど機械同然になってしまったのに、首から上では、まだ埒もない妄想をたくましくしているかと思うと、われながらおかしな気がして、つい笑ってしまうこともある。

いま読みかえしてみたところだが、この私の文章、さきごろ亡くなった磯田光一にぜひ読んでもらいたかった。ぜひ読ませたかった。磯田は私のこういう種類の文章を、つねづねもっとも好んで読んでくれた批評家だったからである。磯田が死んで、私は百万の読者を失ったような気がしている。

澁澤龍彥略年譜（十二―五十九歳）

一九四一年（昭和十六年）　十二―十三歳　四月、東京府立第五中学校（現・都立小石川高等学校）に入学。この年から全国の中学校の制服はカーキ色（国防色）の国民服と戦闘帽に統一。十二月、日本軍が真珠湾を奇襲。太平洋戦争勃発。

一九四二年（昭和十七年）　十三―十四歳　四月、アメリカ軍による日本本土初空襲。

一九四三年（昭和十八年）　十四―十五歳　野外教練や勤労動員が多くなり、ろくに授業時間がなくなる。勤労動員は、主として板橋の凸版印刷や赤羽の兵器補給廠。

一九四四年（昭和十九年）　十五―十六歳　学徒勤労動員令がついに通年実施。授業を完全に放棄して、毎日、板橋区志村の合金工場に通う。

一九四五年（昭和二十年）　十六―十七歳　滝野川中里町の家が強制疎開でとりこわされ、一家は近所に借家。旧制浦和高等学校理科甲類の入試をうけ、合格。三月、東京都立第五中学校をくりあげ卒業。四月十三日の空襲で滝野川中里の借家も焼かれた。家族は鎌倉雪ノ下の伯父宅に避難し、数日後、父の郷里の血洗島へ疎開した。七月、旧制浦和高等学校の入学式。勤労動員で大宮の鉄道工機部にかよう。八月十五日、日本、無条件降伏。深谷市で終戦のラジオ放送を聴く。十月、文科甲類に移る。このころ、家族は深谷から鎌倉に居を移した。

一九四六年（昭和二十一年）十七―十八歳　アテネ・フランセにかよう。

一九四八年（昭和二十三年）十九―二十歳　三月、東京大学文学部フランス文学科を受験し、失敗。浦和高等学校文科甲類卒業。六月、築地の新太陽社にアルバイト生として入る。娯楽雑誌「モダン日本」、「特集読物」などの編集を手つだう。先輩編集者・吉行淳之介と知りあう。

一九五〇年（昭和二十五年）二十一―二十二歳　春、新太陽社のアルバイトをやめる。三度目にうけた東京大学文学部フランス文学科に合格。四月、入学。

一九五一年（昭和二十六年）二十二―二十三歳　〈シュルレアリスムに熱中し、やがてサドの存在の大きさを知り、自分の進むべき方向がぼんやり見えてきたように思う〉。

一九五二年（昭和二十七年）二十三―二十四歳　六月、「新人評論」創刊号発行、澁澤龍雄も参加した。

一九五三年（昭和二十八年）二十四―二十五歳　三月、東大仏文科を卒業。〈卒業論文は「サドの現代性」〉。

一九五四年（昭和二十九年）二十五―二十六歳　ジャン・コクトオ『大胯びらき』の翻訳を「白水社世界名作選」の一冊として刊行。澁澤最初の本。岩波書店の外校正の試験にうかり、仕事をはじめる。

一九五五年（昭和三十年）　二十六―二十七歳　最初のサドの翻訳、短篇集『恋の駈引』。肺結核再発との診断をうける。九月、父・武急死。享年六十。

一九五六年（昭和三十一年）　二十七―二十八歳　『マルキ・ド・サド選集』第一巻刊行。三島由紀夫の「序文」つき。

一九五七年（昭和三十二年）　二十八―二十九歳　三島由紀夫邸を初めて訪問。ジャン・コクトーから手紙が来る。〈病状いささか好転、岩波書店外校正に復帰〉

一九五八年（昭和三十三年）　二十九―三十歳　ロベール・デスノス『エロチシズム』の翻訳、サド『悲惨物語』刊行。

一九五九年（昭和三十四年）　三十―三十一歳　一月、矢川澄子と結婚。岩波書店の外校正の仕事はやめる。サド『悪徳の栄え』正篇の翻訳を刊行。「現代芸術論叢書」の第五冊目として『サド復活』刊行。『悪徳の栄え（続）』刊行。

一九六〇年（昭和三十五年）　三十一―三十二歳　四月、警視庁保安課は朝、神田の現代思潮社を家宅捜索し、同社刊行のマルキ・ド・サド著・澁澤龍彦訳『悪徳の栄え（続）』を百六十二部押収、発禁処分とする。〈猥褻文書販売同目的所持〉の容疑。十二月、最高検察庁は、石井恭二、澁澤龍雄の二人を、いわゆる猥褻罪で起訴することに決定。

一九六一年（昭和三十六年）　三十二―三十三歳　東京地検は、石井恭二と澁澤龍雄を正式に起訴。八月、東京高裁で〈サド裁判〉第一回公判始まる。『黒魔術の手帖』

刊行。

一九六二年（昭和三十七年）　三十三―三十四歳　『神聖受胎』『犬狼都市』刊行。J・K・ユイスマン『さかしま』の翻訳を刊行。十月、一審判決は無罪。

一九六三年（昭和三十八年）　三十四―三十五歳　『サド裁判』刊行。十一月、〈サド裁判〉控訴審判決。第一審判決を棄却、有罪。被告側はただちに上告の手続をとる。

一九六四年（昭和三十九年）　三十五―三十六歳　『世界悪女物語』、『夢の宇宙誌』『サド侯爵の生涯』刊行。

一九六五年（昭和四十年）　三十六―三十七歳　『快楽主義の哲学』刊行。

一九六六年（昭和四十一年）　三十七―三十八歳　『秘密結社の手帖』を刊行。八月はじめ、鎌倉市山ノ内の新居が完成する。ポーリーヌ・レアージュ『オー嬢の物語』の翻訳を刊行。

一九六七年（昭和四十二年）　三十八―三十九歳　『異端の肖像』『サド研究』を刊行。

一九六八年（昭和四十三年）　三十九―四十歳　矢川澄子と協議離婚。オーブリ・ビアズレー『美神の館』の翻訳を刊行。「血と薔薇」第一号発行。澁澤龍彦の責任編集で、第三号まで出る。

一九六九年（昭和四十四年）　四十―四十一歳　十月、〈サド裁判〉上告審判決公判。最高裁判決がくだる。被告側の上告を棄却し、有罪。前川龍子と結婚。

一九七〇年（昭和四十五年）　四十一―四十二歳　二月、『澁澤龍彦集成』全七巻の刊

行がはじまる。八月三十一日―十一月七日、初めてのヨーロッパ旅行。十一月、三島由紀夫、割腹自殺。

一九七一年（昭和四十六年）　四十二―四十三歳　九月二十日―十月二日、レバノン、イラク、イラン旅行に出発。雑誌「太陽」のための取材。澁澤の責任編集による「ユリイカ」臨時増刊号「特集・エロティシズム」発行。

一九七二年（昭和四十七年）　四十三―四十四歳　『女のエピソード』『偏愛的作家論』『悪魔のいる文学史』刊行。

一九七三年（昭和四十八年）　四十四―四十五歳　『ヨーロッパの乳房』、シャルル・ペロー『長靴をはいた猫』の翻訳を刊行。

一九七四年（昭和四十九年）　四十五―四十六歳　五月十六日―六月六日、イタリア旅行。『胡桃の中の世界』『人形愛序説』刊行。

一九七五年（昭和五十年）　四十六―四十七歳　『貝殻と頭蓋骨』、アルフレッド・ジャリ『超男性』の翻訳、『幻想の肖像』刊行。

一九七六年（昭和五十一年）　四十七―四十八歳　『旅のモザイク』『幻想の彼方へ』刊行。

一九七七年（昭和五十二年）　四十八―四十九歳　『思考の紋章学』刊行。六月一日―七月七日、フランス・スペイン旅行。ラコストのサドの旧城へ。『東西不思議物語』『洞窟の偶像』刊行。

一九七八年（昭和五十三年）　四十九—五十歳　『記憶の遠近法』『スクリーンの夢魔』『機械仕掛のエロス』『幻想博物誌』刊行。

一九七九年（昭和五十四年）　五十—五十一歳　『悪魔の中世』『玩物草紙』、アンドレ・ピエール・ド・マンディアルグ『ボマルツォの怪物』の翻訳を刊行。『ビブリオテカ澁澤龍彦』全六巻、刊行開始。

一九八〇年（昭和五十五年）　五十一—五十二歳　『城と牢獄』『太陽王と月の王』『サド侯爵の手紙』、ポール・ヴェルレーヌ『おんな・おとこ』刊行。

一九八一年（昭和五十六年）　五十二—五十三歳　六月二十三日—七月二十四日、ギリシア・イタリア旅行。『唐草物語』が泉鏡花賞を受賞。

一九八二年（昭和五十七年）　五十三—五十四歳　『東西不思議物語』の河出文庫版、続いて『世界悪女物語』が刊行、以後、多くの著作が文庫化されるようになる。若い読者がふえる。『魔法のランプ』、アンリ・トロワイヤ『ふらんす怪談』の翻訳、『ドラコニア綺譚集』刊行。

一九八三年（昭和五十八年）　五十四—五十五歳　『狐のだんぶくろ　わたしの少年時代』『ねむり姫』『三島由紀夫おぼえがき』『マルジナリア』刊行。

一九八四年（昭和五十九年）　五十五—五十六歳　『華やかな博物誌』『澁澤龍彥コレクション第一巻　夢のかたち』刊行。

一九八五年（昭和六十年）　五十六—五十七歳　『澁澤龍彥コレクション第二巻　オブ

ジェを求めて』『澁澤龍彥コレクション第三巻　天使から怪物まで』刊行。

一九八六年（昭和六十一年）　**五十七―五十八歳**　一月、大船中央病院へ。喉の痛みがひどく、抗生物質をもらう。『うつろ舟』刊行。九月、慈恵医科大学病院耳鼻咽喉科に入院。ただちに気管支切開の手術をうけ、声帯を失う。十一月十一日、十五時間にわたる手術。十一月十三日―十六日、幻覚を見る。十二月二十四日、退院、帰宅。

一九八七年（昭和六十二年）　**五十八―五十九歳**　二月十日、慈恵医大病院内科病棟に入院。『新編ビブリオテカ澁澤龍彥』の第一回配本『玩物草紙』刊行。七月十五日、手術。八月五日、午後三時三十五分、読書中、頸動脈が破裂して、死去。

（「澁澤龍彥全集・別巻1」より編集）

解説

高橋睦郎

澁澤龍彥はつねづね体験ぎらいを標榜している。この一冊の中にも文字どおり「体験ぎらい」の一文があって、「体験を語るのは好きではないし、体験を重んじる考え方も好きではない。／鬼の首でも取ったように、何かと言えばすぐ『体験の裏づけがない』などと批判したがる人間は、私には最初から無縁の人間だ」といっている。そんな筋金入りの体験ぎらいが自らの体験を語るとどういうことになるか。その見本が『私の戦後追想』と名づけられたこの一冊だ。

もっとも「戦後追想」というが、一九四〇年つまり昭和十五年冬の小学校六年生の修学旅行（伊勢・奈良・京都）の挿話から始まっている。この年はいわゆる紀元二千六百年、翌十六年には太平洋戦争が始まり、この戦争が始めから勝ち目のない戦争だったことを考えれば、戦後は昭和十六年、さらには戦意高揚に力あった紀元二千六百年の十五年から始まっている、ともいえるわけだ。

この一冊にはいわば前篇があって、つい二カ月前出た同じ河出文庫の『私の少年時代』。これも追想といえば追想だが、澁澤龍彦自身もいうごとく幼少年期という黄金時代の眩しい追想であって、体験談というのとはすこしく趣を異にする。青年期以降がまるまる現実であるのに対して、幼少年期はなかば現実なかば幻想だからだ。幻想のかけらもない現実を語って読者をたのしませるには、ある種の味付けを要する。

世間におこなわれている体験談の味付けは、自分の体験がいかに意味深いかという思い入れ・思い込みだろう。じつはこの思い入れ・思い込みこそが凡百の体験談を湿っぽくもすれば重苦しくもしている元凶で、澁澤龍彦の体験談ぎらいも一半はそこに理由があるのだろう。澁澤龍彦は思い入れ・思い込みの代わりに、何をもって味付けをしたか。じつは味付けを排除したのである。しいていえば淡々とした観察の目と克明な記憶力だろうか。その根底にあるのは、生きていること、生きて見ている世界が面白くてたまらないという幼少年期そのままの新鮮で健康な好奇心である。

この健康な好奇心は世間にいわゆる正の面だけでなく、負の面にも働く。これは一種の平衡感覚とでもいうべきもので、生きている自分も自分を取り巻く世界も正の面も負の面も含んで、自分であり世界であり、どちらを見落としても完全な自分でも完全な世界でもない。こういう健康を通り越して極端ともいえる平衡感覚は澁澤龍彦生得のものだろうが、戦中・戦後という負の時代が育てたものでもあろう。

澁澤龍彦はサディズムの語源であるサド侯爵紹介の第一人者であり、その結果として十年にわたるサド裁判の被告人となるのだが、その感想は「私の一九六九年」という短い文章の中の「これは要するに公的な事件であり、年表に書きこまれるための事件のようなもので、私の内面生活が、それによって昂揚したり、影響されたりするというようなことは全くなかったのである」に尽きよう。そうは言いながら、その成り行きをたのしんでいる気味が言外に感じられる。

サド裁判の被告とされたことは世間常識的にいえば受難だろう。澁澤龍彦はその受難を淡々と受け容れ、あえていえばたのしむ。それは戦中の学徒動員や戦後の混乱に対する態度と同断といってよい。そして、この態度は最大の受難というべき下咽頭腫瘍発病と大手術の結果の声帯喪失に対しても変わるところがない。声を失くした直後に病床を見舞った私は、紙片に鉛筆をもってする、かつての声による問答と変わることのない筆談の速度とユーモアに驚嘆したことを忘れない。

その変わらぬ態度から生まれたのが、澁澤龍彦の絶筆ともいうべき『都心ノ病院ニテ幻覚ヲ見タルコト』と『穴ノアル肉体ノコト』との二文だろう。私は世間常識に従って絶筆という言葉を使ったが、そこにはおよそ絶筆につきものの悲愴さがみじんもない。前文では看護婦が独断で与えたらしいソセゴンという名の麻薬のせいで四日間にわたって生じた幻覚が微に入り細を穿って記録され、麻薬の効力が切れ幻覚が失くなった後、八本の管を通して仰向けに寝ていなければならない無聊から、呑珠庵《どんじゆあん》なる戯号を考えつくまでの顚末について述べて、余裕さえ感取される。

　後文では、ノドボトケを取られ、呼吸のために空けられた穴について述べ、「男は女よりも肉体における穴の数が一つだけ少ないが、どうやら私は新たにうがった穴によって、女にひとしい穴の数を所有することができたともいえそうである。両性具有。私ののどの穴は、もしかしたら女陰の代替物なのかもしれない。私の潜在的な両性具有願望の、はからずも実現されたすがたなのかもしれない。そういえば、私には男性の象徴たるノドボトケも、すでに失われているのである」と興じる。澁澤龍彦の自分と世界に向けた好奇心は最期まで健在だった、といわざるをえない。

本書は、著者自身の回想エッセイを、編集部が『澁澤龍彥全集』（小社刊）よりおおよそ編年体で並べ替えて編集したオリジナル文庫である。（編集部）

私《わたし》の戦後《せんご》追想《ついそう》

二〇一二年 七 月一〇日 初版印刷
二〇一二年 七 月二〇日 初版発行

著 者 澁澤龍彦《しぶさわたつひこ》
発行者 小野寺優
発行所 株式会社河出書房新社
〒一五一-〇〇五一
東京都渋谷区千駄ヶ谷二-三二-二
電話〇三-三四〇四-八六一一（編集）
〇三-三四〇四-一二〇一（営業）
http://www.kawade.co.jp/

ロゴ・表紙デザイン 粟津潔
本文フォーマット 佐々木曉
印刷・製本 中央精版印刷株式会社

Printed in Japan ISBN978-4-309-41160-6

ひとり日和

青山七恵　41006-7

二十歳の知寿が居候することになったのは、七十一歳の吟子さんの家。奇妙な同居生活の中、知寿はキオスクで働き、恋をし、吟子さんの恋にあてられ、成長していく。選考委員絶賛の第一三六回芥川賞受賞作！

青春デンデケデケデケ

芦原すなお　40352-6

1965年の夏休み、ラジオから流れるベンチャーズのギターがぼくを変えた。“やーっぱりロックでなけらいかん”——誰もが通過する青春の輝かしい季節を描いた痛快小説。文藝賞・直木賞受賞。映画化原作。

A感覚とV感覚

稲垣足穂

永遠なる“少年”へのはかないノスタルジーと、はるかな天上へとかよう晴朗なA感覚——タルホ美学の原基をなす表題作のほか、みずみずしい初期短篇から後期の典雅な論考まで、全14篇を収録した代表作。

オアシス

生田紗代　40812-5

私が〈出会った〉青い自転車が盗まれた。呆然自失の中、私の自転車を探す日々が始まる。家事放棄の母と、その母にパラサイトされている姉、そして私。女三人、奇妙な家族の行方は？　文藝賞受賞作。

助手席にて、グルグル・ダンスを踊って

伊藤たかみ

高三の夏、赤いコンバーチブルにのって青春をグルグル回りつづけたぼくと彼女のミオ。はじけるようなみずみずしさと懐かしく甘酸っぱい感傷が交差する、芥川賞作家の鮮烈なデビュー作。第32回文藝賞受賞。

ロスト・ストーリー

伊藤たかみ　40824-8

ある朝彼女は出て行った。自らの「失くした物語」をとり戻すために——。僕と兄アニーとアニーのかつての恋人ナオミの３人暮らしに変化が訪れた。過去と現実が交錯する、芥川賞作家による初長篇にして代表作。

著訳者名の後の数字はISBNコードです。頭に「978-4-309」を付け、お近くの書店にてご注文下さい。